Fulgurescences d'hiver

AF132131

Fulgurescences d'hiver

Recueil de textes courts (décembre 2020 - mars 2021)

Michèle Obadia-Blandin

Éditeur : BoD-Books on Demand
12-14 rond-point des Champs-Élysées, 75008 Paris
Impression : Books on Demand, Norderstedt, Allemagne
Illustration : Gerd Altmann
ISBN : 978-2-3222-6787-3

Dépôt légal : mars 2021

« *Il y a autant de générosité à recevoir qu'à donner* »

Julien Green

Préambule

Ce jour-là...

J'aurais pu poudrer mes petons de paillettes d'escampette et arpenter le bitume, afin d'aérer mes neurones et dégourdir mes gambettes.

J'aurais pu entamer l'un des innombrables bouquins, empilés sur les étagères de la bibliothèque, cintrées par le poids des mots. À l'évidence, mon cerveau en jachère aurait jubilé d'être ensemencé d'une once de culture.

J'aurais pu coudre les malheureux boutons, enracinés près de la boîte à ouvrage depuis... je ne sais plus. Il y a prescription.

J'aurais pu gravir par la face nord, l'Everest de linge, assoupi au pied du « *Mont-à-repasser* » et écluser au passage la « *Vallée-à-laver* », gorgée d'une palette de chaussettes.

J'aurais pu balader l'aspirateur au bout d'une laisse de poussière afin qu'il écume les moutons en transhumance.

J'aurais pu pétrir du pain pour dîner, cuisiner une courge qui aurait ravi les pupilles de ses nuances orangées, et réjoui les papilles de sa chair onctueuse.

J'aurais pu enrubanner la table de tortillons de réglisse et de guimauve, histoire d'égayer un début décembre un brin tristounet.

...

J'aurais pu faire tout cela et sans doute davantage, mais à la faveur d'un coup de fil avec mon amie la fée Viviane, ce jour-là, j'ai préféré pianoter des mots afin d'assouvir mon désir d'*en-vie*. Dans la foulée, je me suis lancé le défi d'écrire quotidiennement un texte court, et de le partager avec une poignée d'amis.

Le 4 décembre 2020, j'ai donc commencé à faire des gammes de caractères, des accords de mots et des arpèges de phrases pour composer des textes appelés **fulgures**, dont j'ai assidument pratiqué l'écriture il y a plusieurs années.

Par définition, un fulgure est un texte très court comprenant un entête succinct (en italiques) suivi d'un corps de texte comptant au maximum 1500 caractères (espaces comprises). Le thème, la forme, le registre... sont libres. Seules comptent la fulgurance et la spontanéité.

Ainsi est-il possible d'écrire en prose ou en vers, sur un coup de cœur, de tête, de gueule ou de sang ; de blues, de rose, de rosé(e), de rouge, ou de gris, voire de grisou ; de mou, de bambou ou de barre ; de chance ou de malchance ; du hasard ou du destin ; de soleil, de vent, de chaud ou de froid ; de pied, de main, de coude, de rein... Cela peut même être un coup pour rien, juste pour faire coucou. À ce propos, écrire sur rien, trois fois rien, voire moins que rien, ne signifie pas écrire pour rien ou ne rien écrire.

Ce challenge personnel m'a permis de recouvrer l'envie et le plaisir d'écrire qui me faisaient cruellement défaut depuis des mois.

Faisant fi des vagues qui menaçaient alors de m'engouffrer dans leurs creux, j'ai réussi à reprendre le cap afin de poursuivre la traversée sur un chemin moins houleux. Par là même, j'ai pu vérifier la véracité d'un adage très personnel : « *a fulgure a day keeps the doctor away* »[1].

---

[1] Libre adaptation de la citation de Winston Churchill *: « an apple a day keeps the doctor away ».* En l'occurrence : « *un fulgure par jour éloigne le docteur* ».

Du 4 décembre 2020 au 19 mars 2021 (orée du printemps), j'ai ainsi composé cent-cinq fulgures et les ai regroupés dans ce recueil d'hiver. Recueil que j'aurais pu structurer par catégories ou par thèmes comme : *« fulgur'à rien, fulgur'aïe, fulgu'rires, fulgur'nostalgie, fulgur'coups de cœur.. ».* J'ai toutefois préféré conserver l'ordre chronologique dans lequel ces textes ont été créés. Ainsi, l'évolution des états d'âme au fil du temps se devine-t-elle en filigrane de leur contenu. Ceci confère au recueil une facette de journal à la limite de l'intime. D'autant que le style est assez interactif.

Cerise sur le gâteau, de nombreux textes incluent une illustration en résonance avec leur contenu. Sauf mention explicite, ou omission involontaire, toutes les photos et illustrations de cet ouvrage sont libres de droit (issues des sites Unsplash[2] et Pixabay[3]).

Il me reste à préciser trois éléments importants :

– J'avoue avoir pris certaines libertés par rapport au nombre de caractères maximum autorisé dans les fulgures purs et durs. Me fiant à ma jauge personnelle, je n'ai pas toujours vérifié le dosage de mes textes. Certains ont sûrement débordé du moule calibré à 1500 caractères maximum. Parfois d'un tout petit peu. Parfois de beaucoup plus. Pardonnez-moi.

– Ce recueil est le tout premier d'une série de quatre. Je compte en effet poursuivre l'aventure. Si l'énergie et l'inspiration répondent présentes, je continuerai sur ma lancée et proposerai un

---

[2] Unsplash : https://unsplash.com/
[3] Pixabay : https://pixabay.com/fr/

deuxième opus contenant les textes écrits au cours du printemps, un troisième concernera ceux d'été, et un quatrième ceux d'automne. Ainsi l'année sera bouclée.

– Si vous vous interrogez sur l'origine du mot : « *Fulgurescences* » figurant dans le titre, voici la réponse.
Ce néologisme est né en lisant ce passage du roman : « Chanson des mal-aimants » de Sylvie Germain :

« J'aimais les mots comme des confiseries raffinées enveloppées dans du papier glacé aux couleurs chatoyantes ou du papier cristal translucide qui bruit sous les doigts quand on les déplie. Je les laissais fondre dans ma bouche, y répandre leur saveur. Mes préférés étaient les mots qu'il fallait croquer ainsi que des nougatines ou des noix grillées et caramélisées, et ceux qui dégageaient un arrière-goût amer ou acidulé.
Certains mots me ravissaient pour la troublante douceur de leur suffixe qui introduisait de l'inachevé et un sourd élan du désir dans leur sens : « flavescence, efflorescence, opalescence, rubescente, arborescence, luminescence, déhiscence... » Ils désignaient un processus en train de s'accomplir, très intimement, secrètement... et j'avais forgé un mot sur ce modèle : "amourescence"... »

Voilà, vous savez tout. Ou presque. Vous n'avez plus qu'à vous diriger vers la page suivante pour commencer à savourer et à siroter ces *fulgurescences* à votre rythme.
Belle lecture à vous !

Somewhere over the rainbow

Il y a quelques années, je m'amusais à plagier Churchill en écrivant : « a fulgure a day keeps the doctor away »...
Alors, chiche ?

C'était une période bénie où l'écriture coulait d'elle-même. Même si certains textes accouchaient dans la douleur, la plume-clavier courait. Facile. Rien à voir avec la lourdeur actuelle. Ce matin, en discutant avec mon amie la fée Viviane, je me suis dit que ce serait « bien » de reprendre le pli d'écrire un fulgure par jour. Qu'importe le contenu. Que mon propos soit sérieux, oiseux, triste, ou follement drôle et déjanté, l'essentiel sera de m'y tenir. Histoire de structurer un tant soit peu toutes ces affreuses journées qui se ressemblent furieusement.

Peu à peu, j'espère ainsi me libérer du joug de l'histoire à tiroirs qui me prend le chou (voire le chouchou).

J'écris depuis ma tablette. Donc pas de *Word* pour compter les caractères. Mais à vue de nez, cet embryon de texte flirte sûrement avec la limite fatidique des 1500 caractères.

Ciao ! À demain pour poursuivre ces gammes *fulgureuses*.

PS : Pourquoi ce titre, *a priori* sans lien avec le contenu ? Simplement parce que la célèbre chanson du film : « *Le magicien d'Oz* »[4] est porteuse d'espoir. Seconde précision : après vérification sur *Word*, j'avais encore un peu de marge par rapport à la limite au-delà de laquelle le fulgure aurait été hors-la-loi. Mais je vais sûrement m'améliorer au fil du temps.

---

[4] « *Somewhere...* » : https://www.youtube.com/watch?v=PSZxmZmBfnU

Des fiançailles à *nunca mas*

« Juste une ivresse pour que l'on cesse de boire... »

« *Nos fiançailles...* »[5] Cette vieille chanson interprétée par le regretté Nilda Fernandez me berce. Voix androgyne. Presque féminine. Sonorités cristallines. Incertitude de genres. Dualité de cultures. Subtil panachage de paroles françaises et espagnoles. Je me laisse porter par l'émotion qui m'étreint. L'amour transpire par tous ces mots aux syllabes poreuses... « *Lourds sont nos promesses et nos liens...* » Nostalgie d'un temps révolu. Totalement révolu. Les papillons de mon ventre ont désormais les ailes tétanisées. Comment ranimer leurs battements ? Le bouche-à-mot peut-il raviver la flamme ?

Ce matin, samedi, rien ne me dit. Rien d'autre que tapoter sur ce clavier et penser. Ressentir. Me souvenir. (Re)vivre encore un peu ce qui me fait vibrer. Je vogue sur mon fragile radeau qui trop souvent prend l'eau. Le sillage est incertain sous la mantille de résille grise d'un ciel tout aussi incertain.

Ce matin, j'ai le vague, comme on dit dans le Sud.

Ce matin, j'ai butiné plusieurs chansons et suis tombée sur une pépite absolument inconnue de Nilda. Je n'en comprends pas tout le sens (même si je le devine) mais j'aime la musicalité, la douceur et la douleur véhiculées par ce « *nunca mas* »[6] aux résonances argentines.

Ce matin, je veux encore croire que... *viva la vida* !

---

[5] « Nos fiançailles » : https://youtu.be/njQMN11hKjs
[6] « *Nunca mas* » : https://youtu.be/QGNozFLbcK8

Aux petits bonheurs

Exercice du jour : apprécier les petits bonheurs que la vie dépose sur le seuil.

Le seuil de quoi, me direz-vous ? Le seuil, c'est tout. À chacun et chacune d'identifier son seuil. Le mien n'est pas bien loin. Là, juste sur le rebord de la fenêtre de ma chambre. Un trille d'oiseau. Un rayon de soleil, soyeux et ambré comme du miel, qui filtre à travers les volets entrouverts. Certains appellent cela des jalousies. C'est amusant. La chaleur de mon lit et du plaid en peluche polaire. La douceur encore présente au fond du palais de la confiture de mandarines (confectionnée avec amour et humour par Celyne qui a baptisé ses créations « *confiNEtures* ») couvrant la fine couche de beurre salé étalée sur du pain de mie à peine toasté. Le plaisir indicible de transcrire en mots ce ressenti...

La vie peut être qualifiée de belle (adjectif fourre-tout) si l'on chausse des lunettes pourvues de prismes révélateurs de sa fragile impermanence à travers des détails, *a priori* insignifiants.

Vous pensez que j'ai fumé la moquette ? Que nenni, mes amis ! Bêtement béate, je me suis penchée et appesantie sur des détails. Ah, le détail ! Je pourrais en écrire une thèse entière, tant ce petit rien revêt d'importance(s).

Mais je vois poindre la limite de ma prose du jour. Alors, tel le lapin pressé de cette pauvre Alice qui a failli avoir la tête tranchée par la méchante reine (naze) de cœur, je file... afin de poursuivre l'observation de ces « *je-ne-sais-quoi* » et « *presque rien* » qui font de la vie un long fleuve pas vraiment tranquille.

Belle déclinaison dominical(m)e !

Couleurs de lumière

Ce matin, temps très clair. Bleu limpide veiné d'ambre soleil. Telle est la nuance du lit du ciel. Mais quid du ciel-de-lit ? Arrête, Mimi, avec tes jeux de mots qui n'amusent personne ! Même pas (plus) toi.

J'ouvre ici une parenthèse qui va plaire à ma nièce.

Pour répondre à la question qu'on ne répétera pas. N'en déplaise à la Princesse du Rocher (Ferrero, bien sûr !), je n'ai pas de ciel-de-lit. Ni de baldaquin coquin. Pas même de moustiquaire rudimentaire. Au-dessus de mon lit, il y a juste un plafond. Blanc virginal.

La nuit, parfois (par froid aussi), j'y vois une araignée. Elle muse (et m'use) le temps d'un arrêt niais. Puis, elle s'évapore dans le chaudron magique où confisent mes pensées échevelées. Je ne vous raconte pas la tête de la barbe à papa saveur ratatouille où s'enchevêtrent des idées *saugrenouilles* saupoudrées de grains de têtards attardés qui s'égarent sans égards pour crier, non pas gare, mais : « *Vive les fêtards et leurs pétards !* »...

Quand je vous dis que mes nuits sont un poil spéciales.

Fin de la parenthèse.

Ce matin donc, à l'extérieur, le ciel est clair. Sûrement parce que les âmes n'y errent pas en peine. Peine qu'elles ont déposée au loin. On transpose ça à l'intérieur ?

Je file sur cette chouette pirouette, cacahuète...

Fricassée en trompe-l'œil

Humeur couci-couça au sein des grains d'ennui qui s'écoulent dans le sablier.

La journée s'annonce semblable aux autres. Même tempo lancinant. Bof. Très bof, même. Seul rayon de soleil interne : le plaisir de faire sauter les mots. Un peu de fun au fond de la poêle et hop les voilà prêts à virevolter et à grésiller sur les balançoires de mon jardin secret !

Moi, la piètre cuisinière (gâte-sauce serait plus approprié), je me plais à faire mijoter les mots. À les éplucher, les façonner, les mélanger, les napper, les parer, les détourner, les revisiter (très tendance dans la sphère culinaire actuelle). Je peux en faire tout un plat, et même des reliefs à foison. Daube, ratatouille, ravioles ou pithiviers... je me plais à mélanger les genres. Du populaire au raffiné, cela n'a pas de réelle importance. L'essentiel est d'éprouver du plaisir à les mêler et à les savourer.

Aujourd'hui, mardi, j'ai envie de mots-mets gourmets et gourmands pour éveiller papilles et pupilles. Parée de mon tablier de *cheffe-es-mots*, je vais les saupoudrer d'adjectifs en sauce, d'une once d'adverbes en jus gouteux, de virgules généreuses, et d'une pincée de néologismes *made in* Mimi.

Salé ou sucré, voire sucré-salé, qu'importe. L'essentiel est de saliver avec les yeux, n'est-ce pas ? Bon appétit !

À la mode *Taratatin*

Inverse-t-on la vapeur de la douleur en servant une histoire tarte à la mode Tatin ?

« *Ils se marièrent et eurent beaucoup d'enfants...* »
Pfff ! Taratata !
Il se marièrent, certes. Mais point d'enfants, ils n'eurent. En peu de mots, tout est dit.

Certains m'ont jugée chanceuse. Si, si... je vous assure que l'on m'a assené cela, alors que ma peine était trop grande pour rectifier le tir de paroles apparemment anodines et terriblement assassines qui m'ont poignardée en plein cœur.

J'ai aussi entendu que mon égoïsme était « normal », puisque je n'avais pas eu d'enfant. Autant vous dire que cette personne prénommée Nadine (la gredine !) a giclé *illico presto* de mon agenda. Les mots sont des poisons violents.

Et l'on dit que les paroles s'envolent ?
Taratata *again...*

Mais pourquoi vous parlé-je de cela aujourd'hui ? Mystère et boule de gommettes (même de *gominettes*).

Peut-être parce que Noël approche et que je n'aime pas, mais pas du tout, cette fête qui me rappelle par son étalage impudique et clinquant que je me suis marginale dans un monde où enfanter est la norme. Question de survie, sûrement.

Donc, cette année, peut-être encore plus que les autres (M'zelle Covida étant passée par là), je ne fêterai pas Noël. Point de sapin ni de cadeaux. Ah si, quand même. Il y aura une boule.

Suspendue à la branche de ma gorge serrée, elle migrera mollement vers mon ventre noué et sec de vie.

Pas grave, j'ai l'habitude.

Taratata, Mimi. Taratata !...

Pour conclure ce conte d'avant-Noël (avent marche aussi), je vous livre le début de l'histoire.

« *Il était une fois...* » Et là, tout est encore possible, non ?

La vie en *light* (légère et lumineuse)

Sonnez trompettes, jouez hautbois, résonnez musettes, battez tambours, soufflez cornes et shofars !... Aujourd'hui, je fête une libération.

Eu-pho-rique ! C'est cela, je suis euphorique ce matin. Pourtant, je vous assure que n'ai rien fumé, les amis ! J'ai seulement bu un thé aux baies rouges et grignoté une tranche de brioche. Un petit-déj bien inoffensif en somme.

Comme il paraît que l'énergie suit la pensée, j'ai décidé de transmuter les enclumes de plomb qui obstruent ma tête en plumes d'or. Ainsi ai-je sommé, dès potron-minet, le carillonneur de sonner le glas de l'étroitesse et de la mesquinerie. Dans la foulée, j'ai banni toute pensée étique ou/et étriquée.

Donc, à partir de maintenant et de dorénavant (pour plagier Coluche), j'abandonne sur le bord du chemin tout ce qui m'encombre : oripeaux au dépôt, non-dits et mal-dits au rebut, tourments et ruminations aux oubliettes, conditionnel aux abonnés absents, rancœur au placard, tristesse, mélancolie, nostalgie, colère... dans les flammes des spams. Me voici allégée pour poursuivre la route. Alors on danse ? Et vive l'abondance !

TGIF

TGIF (prononcer Ti-gi-aïe-effe pour « Thanks God It's Friday ») est de circonstance aujourd'hui.

Cette chaîne de restauration américaine n'a pas d'équivalent français. Vous vous voyez dire à une copine (ou un copain) : « *On se fait un repas au DMCV ?* » Ça l'fait pas, car DMCV (pour Dieu Merci, c'est Vendredi), évoque davantage un acronyme barbare (exemple : celui d'un vaccin (au hasard, celui contre le/la Covid)) qu'un nom de lieu cosy et agréable pour dîner entre amis en savourant une juteuse entrecôte sauce poivre ou béarnaise, garnie de pommes paille. Même *Hippopotamus* sonne mieux...

Pour revenir au concret, « *aujourd'hui, c'est vendredi et j'voudrais bien qu'on m'aime* »... comme le chantait le regretté Bashung en suppliant Gaby. Afin d'exaucer ce vœu pieux, je partage avec vous ce magnifique poème d'un vieil « ami » :

> « *La nuit n'est jamais complète.*
> *Il y a toujours, puisque je le dis, puisque je l'affirme,*
> *Au bout du chagrin, une fenêtre ouverte, une fenêtre éclairée.*
> *Il y a toujours un rêve qui veille, désir à combler, faim à satisfaire,*
> *Un cœur généreux, une main tendue, une main ouverte,*
> *Des yeux attentifs,*
> *Une vie : la vie à se partager.* »
> Paul Éluard

PS : Au fait (voire fête), c'est la Saint Daniel, aujourd'hui...

Lettre au Père Noël

Message in the bottle...

Cher Papa Noël,

À quelques jours de votre passage, je vous adresse la liste de mes envies.

Il y a fort longtemps que je ne vous ai pas écrit, mais cette année a été si particulière que j'ai très envie que vous veniez déposer un peu de réconfort dans les petits souliers (en fait, mes bottes fourrées) que je déposerai au pied du sapin sans épines qui trône dans mon salon.

Tout d'abord, je voudrais un puits d'énergie. Inépuisable, le puits, cela va sans dire. Comme ceux des contes de fées où l'abondance est infinie.

Ensuite, je voudrais une montagne de santé. Pour tous ceux que j'aime et qui m'aiment. En clair, ceux qui font battre mon cœur. Au passage, ce serait cool si vous pouviez toucher deux mots au lutin malveillant qui porte des picots rouges sur son bonnet (vous savez, p'tit Coronus) pour l'inciter à migrer définitivement vers une autre planète. Planète sur laquelle ce serait sympa d'expédier (via la même soucoupe) tous les méchants qui polluent notre Terre. Je vous laisse libre de sélectionner ces derniers.

Après, je voudrais... je voudrais...

De l'inspiration pour nourrir l'air de mes mots ?

Et puis aussi, une ardoise magique avec laquelle je pourrais effacer ce qui fait mal pour réécrire les histoires en plus beau.

Et... et... et...

En fait, passez seulement me voir. Ce sera mon plus beau cadeau.

Je vous remercie, cher Papa Noël. Prenez soin de vous. Vous êtes précieux.

Mimi (qui croit toujours en vous)

PS : C'est drôle, j'entends déjà les grelots de votre traîneau...

La passeuse (du sans-souci ?)

Il est des personnes qui nous marquent d'un mot ou bien d'une attitude, et qui nous font grandir...

Je rêve parfois d'un manège enchanté et enchanteur. Un carrousel qui aurait la douceur caramel de l'enfance.

À l'image de la madeleine de Marccl, je me plais à re-goûter (mentalement parlant) la saveur sucrée d'un période exempte de soucis, sauf ceux qui sont en fleurs. C'est singulier qu'une fleur soit homonyme de tracas, non ? Le paradoxe de l'étrangeté de cette langue française que j'affectionne au point que, sans la trahir, je puis affirmer l'adorer, est que la personne qui m'a (bien involontairement) donné le goût des belles lettres se nommait Souci... Elle était mon professeur de français, il y a bien longtemps.

J'avais à peine onze ans. Et selon elle, j'écrivais comme une savate. Ce n'est probablement pas le terme employé, mais l'idée était là. Vous remarquerez au passage, qu'à une lettre près, j'étais savante (waouh, j'ai failli être Marie Curie !). Bref, vexée, j'ai travaillé d'arrache-pied (et main) pour lui prouver le contraire. Pour que plus jamais quiconque ne puisse juger mes écrits médiocres.

Je me souviens que cette même Madame Souci (qui était ma vraie bête noire) m'a dit un jour : « *Mademoiselle Obadia, l'excès en tout est nuisible !* » Comme elle avait raison !

Plus d'un demi-siècle plus tard, je pense souvent à vous, chère Maddy Souci. Aujourd'hui, par ces quelques mots posés sur le carrousel enchanté, je vous rends hommage en vous remerciant d'avoir imprimé votre précieuse empreinte dans ma vie.

Day off

Zapping et débrayage pour cause de grosse fatigue.

Comment enclencher la vitesse supérieure ? Il y a bien longtemps que je ne passe plus de vitesse pour cause de boîte automatique, toutefois, je me souviens que lorsque la machine broute et se meut par saccades, le responsable est souvent un embrayage défaillant. J'en déduis que si aujourd'hui, je rame à travers un océan de mots hoquetant telle une voiture enrouée, la faute incombe à mon embrayage intérieur qui a des ratés.

Sans doute parce que ce matin je n'ai pas eu le temps d'écrire (pétanque surprise) et que cet après-midi, je me sens toute ramollie. Du coup, les idées patient dans la choucroute, les émotions slaloment entre les graines d'un couscous royal regorgeant de poi(d)s pas vraiment chiches, et les mots peinent à décoller de leurs coquilles.

Gageons que cet état est passager. Telle une ondée d'été qui disparaît en un claquement de doigts et en un clin d'œil.

Pour conclure ce fulgure sans structure, j'aime imaginer que si l'âme sœur est la moitié d'orange qui nous correspond, la mienne se cache sûrement dans la peau d'un schtroumpf (la Terre étant bleue comme une orange (cf. Éluard)). Ou bien au cœur d'un trognon de pomme verte (rouge ?).

Aujourd'hui...

Ambiance feutrée pour jour tamisé.

Aujourd'hui, débute une nouvelle phase de dé-confinement. Tout va encore changer. Tout et rien à la fois. Nous allons pouvoir (re-)vivre presque normalement. Hem ! Et aïe !

Aujourd'hui, si tout avait roulé sur une route dépourvue de ce virus *picotique* et vorace, je serais allée jouer à la pétanque. Comme chaque mardi après-midi de l'année quand le temps le permet. À propos :

Aujourd'hui, le temps est au diapason de la saison. La luminosité est mi-grise, mi-blanche. Disons perle. Enveloppé de sa parure nacrée, le ciel s'apprête à accueillir l'hiver qui fera son entrée dans six jours précisément.

Aujourd'hui, c'est le jour 5 du programme de méditation dont je me délecte grâce à ma nièce. Meuh meuh, la tâche du jour qui consiste à créer un groupe *WhatsApp*. Pfff ! Dans mon cas, celui-ci se réduira à la portion congrue, c'est à dire à moi seule. Trop drôle un groupe d'une personne, non ?

Aujourd'hui, c'est jour de marché au Cros de Cagnes. Mais on s'en fout, me direz-vous. Certes. Moi aussi du reste.

Aujourd'hui, bla-bla-bla...

La liste pourrait s'égrener à l'infini. Ainsi, je m'égarerais dans le serpentin d'un labyrinthe de possibilités pour occulter que...

Aujourd'hui, c'est aussi (surtout ? avant tout ? *taratatout* ?) l'anniversaire de...

Je vous embrasse, mes fidèles amis. Vous ai-je déjà dit que je vous aimais ? J'crois bien. Ce couillon d'Al (Zeimer, si mes souvenirs sont bons) a beau me faire du gringue pour m'attirer dans ses filets à trous (de mémoire), je résiste...

PS : Je crois bien qu'aujourd'hui... nous sommes le 15 décembre d'un p….. d'année.

Abjection, sans honneur !

Pfff !!! Même pfff, pfff !!!

Non, il n'y a aucune coquille dans le titre. C'est bien un « A » (pour Abjection), et non un « O » (comme Objection) ; un « sans » et pas un « votre » ; et surtout un « h », aussi minuscule que le manque d'humanité de cet *ignominable*, est majuscule.

La tristesse n'est pas de mise. La haine non plus. Cette dernière signifierait qu'il subsiste une once d'amour refoulé. Honni soit qui mal y pense...

Je ressens seulement des bribes de colère. Écœurement, répulsion et répugnance sont les trois mamelles de mon ressenti vis-à-vis de ce que je considère comme une attitude minable, ignominieuse et abjecte... Je n'en dirai pas davantage.

La nuit dernière, j'ai donc décidé que ma plume n'offrirait plus jamais (adverbe dont j'use assez rarement) le moindre mot à cet individu qui ne m'inspire désormais que dégoût et *beurkerie*. Son attitude est si vile, mesquine, humiliante, méprisante qu'il en est devenu insignifiant et méprisable.

Foi de Mimi (en mode rébellion), je jure, même un peu tard, qu'on ne m'y prendra plus.

Coulures et couleurs

Ciel perle. Cœur grose. Couleur indéfinie, à mi-chemin entre gris et rose dont les nuances ont la transparence des groseilles. C'est drôle, à une lettre près, ce cœur-là était gros.

Je vous rassure, mes amis, au cas où l'inquiétude vous aurait saisis, je n'ai pas le cœur gros. Ni maigre du reste. Ce petit animal bat tranquillement dans ma poitrine, sans douleur ni joie intenses. Et c'est déjà très bien.

Sinon, aujourd'hui, nous sommes jeudi. Aucun projet palpitant ne se profile à l'horizon. C'est bien aussi, une journée calme, non ?

Vous l'aurez constaté par vous-même, mes mots sonnent creux ce matin. Non ? Un peu quand même, non ? Bon. Comme vous voudrez.

Il faut tout de même reconnaître que je suis dans une espèce d'entre-deux. Je flotte entre figue et raisin. Ou bien est-ce entre fugue et raison ? Bref, le moral oscille entre bien et bof sans toutefois atteindre le niveau : « *rez-de-chaussettes* ».

Je vous rassure *again*. À moins que ce ne soit moi que je tente de rassurer ; de persuader que tout va bien ; aussi bien que possible. Tiens, le champ des possibles... Voici une bien jolie perspective pour cultiver l'espoir et *switcher* la teinte d'un moral capricieux du blues grose au bleu rose.

Sur ce, je vous laisse. Parée de ma coquette salopette d'artiste peintre, je vais de ce pas-pinceau colorer mon mental...

Quand le rien se rit d'un rien

L'après-midi est toujours beaucoup plus inspirant que le matin pour poser des mots qui ne riment à rien.

Aujourd'hui, nous sommes vendredi, veille de week-end et de vacances de fin d'année. Cela fait beaucoup à porter pour un seul jour.

L'an dernier, ce vendredi-là, je partais aux U.S.A. afin de passer les fêtes chez ma nièce. Temps béni, époque insouciante. J'avais le cœur léger et le bagage mince... non, ça c'est Aznavour. Qu'importe. Tout allait alors pour le mieux dans le meilleur des mondes possibles. On ne peut malheureusement pas en dire autant de ce vendredi-ci.

Entre Covid, confinement, (dé-et re-)confinements, pensées alambiquées, projets, désirs et rêves à l'arrêt, émotions sans émotions... il n'y a pas vraiment de quoi se réjouir.

Bref, ce matin, le ciel s'était, comme souvent ces derniers temps, emmitouflé de son étole irisée. Il faisait un peu froid pour mettre le nez dehors. Mais je me suis poussée et suis tout de même allée jouer à la pétanque. Et ma foi, ce fut sympa. Envoyer une boule vers un cochonnet peut paraître absurde, dérisoire, illusoire et sans aucun intérêt. Yep ! Mais cela le mérite de me faire bouger (ne serait-ce qu'un peu) et surtout de me détourner l'espace de quelques heures de l'armée de pensées parasites qui m'assaille et m'assiège le chou plus souvent qu'à mon tour.

J'avais prévenu que mes mots risquaient de flirter avec la platitude du pays de Brel, ce vendredi après-midi. Ne m'en veuillez pas. C'est ainsi. Il m'arrive souvent d'écrire pour rien. Sur presque rien (ça *j'adooooore*). Sur rien aussi. Et même sur trois fois rien...

Passez une bonne fin de journée, mes amis.
Je vous enlace dans mes mots pleins de riens tandis que je boucle sur une bulle de rien...

Le but e(s)t le chemin

« Le but du chemin est le chemin lui-même, un déplacement sans fin qui devrait nous conduire non quelque part, mais ailleurs. Vers soi-même ? Je n'en sais rien. S'il n'y a pas de but, il n'y a pas non plus le souci d'accomplir. C'est dans ce nulle part que se trouve la libération, c'est-à-dire que l'on découvre que l'on est libre. » Patrick Levy - Sâdhus

Tirer (sur) le fil de l'inconscient... pour voir à travers la lorgnette le fond de soi-même. La substantifique moelle qui se niche dans la partie immergée de l'iceberg. Ne serait-ce pas une définition de l'écriture ? Aujourd'hui, j'ai envie de faire mienne cette règle. *« I am the maker of rules... »* Ce sont les paroles de la chanson *« Eye in the sky »*[7] (Alan Parsons Project) que distillent mes écouteurs à cet instant précis.

Il n'y a pas de hasard[8], n'est-ce pas Monsieur Éluard ?

Tel un chat facétieux, je vais tenter de dérouler la pelote entortillée dans la guirlande de mes pensées qui fusent tous azimuts. Je voulais utiliser le mot écheveau, mais guirlande colle mieux à la période festive (hem !) que nous traversons. Je n'ai aucune certitude d'y parvenir. Mais le plus important n'est-il pas dans l'intention ? Comme le chante cette jeune artiste dont j'ai oublié le nom (Joyce quelque chose ?) : *« Le bonheur, c'est pas le but, mais le moyen... »*[9]

---

[7] *« Eye in the sky »* : https://www.youtube.com/watch?v=56hqrlQxMMI
[8] Extrait de « *Il n'y a pas de hasard. Il n'y a que des rendez-vous.* » (P. Éluard)
[9] « Le bonheur » : https://www.youtube.com/watch?v=GtCPWFo6MAE

Ce qui n'est qu'une déclinaison :

– De Lao-Tseu : « *Le but n'est pas le but, c'est la voie.* »

– De Confucius : « *Tous les hommes pensent que le bonheur se trouve au sommet de la montagne alors qu'il réside dans la façon de la gravir.* »

– De Goethe : « *Le but, c'est le chemin.* »

Je vais de ce pas arpenter ma pelote intérieure en prenant soin de caresser chaque bout de fil (aussi minime soit-il), et de démêler chaque nœud qui se présentera.

Me voici sur le chemin d'une toute nouvelle route constellée d'émotions...

Grain(e) de beauté

Made in Normandy.

Eh bien voilà, cette année, une Normande a remporté le concours... Meeuuuh ! Meuh non ! Pas celui de la plus belle vache, mais de la plus « jolie » Miss de nos régions françaises.

Mignonnette, cette Amandine-là n'est petite que par son patronyme, car sa silhouette de sylphide titille tout de même le mètre soixante-quinze...

Mazette ! À quelques centimètres près, la grande fifille blonde possède les mêmes caractéristiques que la plupart de ses congénères : déclinaisons de poupées *Barbie* aux mensurations, dites de rêve, taillées suivant un patron hors normes. Notons que leur morphologie canonique ne correspond en rien à celles des femmes lambda que nous sommes. Cherchez l'erreur.

Bref, cette élection fut fastidieuse, barbante, artificielle. En un mot : inter-mi-nable ! Mais le jeu en valait la chandelle. Rires dans les chaumières. Ce matin, la France est ravie : elle a une nouvelle ambassadrice censée représenter la « beauté » de ce doux pays pour l'année à venir. Pfff !!! Alléluia !

Sur ces pensées hautement philosophiques, je pars réfléchir à ma condition de femme standard et vais de ce pas rentrer mes blancs moutons car il pleut des hallebardes depuis ce matin.

Bon dimanche à tous et vive les jolies vaches de Normandie !

(G)reine de beauté (suite)

Ce n'est pas une erreur de frappe. Le titre est homophone de celui d'hier. Mais, les mots sont légèrement différents ((g)reine versus grain(e)) et l'histoire est désormais à tiroirs et à miroirs.

« *Miroir, miroir, dis-moi qui est la plus belle* »... Pfff !
Samedi soir, la Normande a devancé la Provençale. Soit. *So what* aussi, me direz-vous.

Je vous avoue que, moi aussi, je m'en serais foutue comme de ma première grenouillère (image *saugrenouille* s'il en est) si je n'avais appris que lors de l'élection, un tsunami de commentaires haineux et d'injures antisémites avait déferlé sur les réseaux sociaux à l'encontre de la *pitchounette* provençale qui a eu la naïveté et l'outrecuidance de révéler ses origines : son père est italo-israélien.

La bassesse de certains Humains est à l'évidence sans limites. Ce n'est pas nouveau. Il y a de nombreuses années, mon pote Albert (Einstein) l'affirmait déjà en ces termes :

> « *Deux choses sont infinies : l'Univers et la bêtise humaine. Mais en ce qui concerne l'Univers, je n'en ai pas encore acquis la certitude absolue.* »

Je ne devrais donc pas en être étonnée, mais je suis écœurée de constater qu'en 2020, année bien pourrie, rien ne change. Soixante-quinze ans après la Shoah, la haine est une mauvaise herbe tenace qui ne crèvera donc jamais !

Je suis écœurée, je le répète.

Je me demande ce qu'auraient écrit ces « courageux » pollueurs avachis sur leurs canapés et goguenards derrière leurs écrans de fumée si le père d'April Benayoum (puisque tel est le nom de cette trop jolie jeune femme) avait été auvergnat, bourguignon ou breton... Quels poux auraient-ils trouvé dans ses boucles blondes pour la descendre ?

Je n'ai jamais eu la moindre velléité pour exposer ma vie, et pour cause, moi aussi mon père était juif. Tout comme ma mère et toute ma famille...

Fuck aux chercheurs de poux ! Heureusement, je n'ai jamais rêvé d'être Miss !

PS : Petite note positive au cœur de ce coup de gueule. Équinoxe oblige, les jours rallongent ! Youpi ! Nous voici à nouveau du bon côté du toboggan. Vive l'hiver ! Même l'*i-bleu* et l'*i-rose* !

Fleur de lumière

Aujourd'hui, ma Maman aurait eu 97 ans.
Elle s'appelait Rose Lucienne et était une fleur de lumière.

Je me demande souvent comment ses si beaux traits auraient vieilli. Depuis près de 23 ans qu'elle est partie vers cette contrée dont on ignore tout, pas un seul jour ne s'est passé sans que je pense à elle. Elle qui m'a donné la vie et qui reste à jamais incrustée en mon cœur.

Parfois, quand la nostalgie me gagne, que la réalité de ce monde abrupt me chavire, et que la vie me bouscule un peu trop, je me réfugie dans son souvenir. Je l'imagine toujours souriante et bienveillante comme elle le fut toute sa vie à mes yeux. J'aime me blottir dans ses bras accueillants qui me bercent et apaisent ma peine. En silence, je lui parle et lui demande son aide.

J'aime penser que de là où son âme se trouve, elle m'entend et m'envoie ses ondes pour me guider. Ses conseils s'immiscent en moi comme des évidences.

Chaque jour, je la remercie de m'apporter ce support immatériel et si précieux.

Bel anniversaire à toi, ma petite Maman. S'il te plaît, embrasse Papa pour moi.

Sans toi, je me sens petite. Toute petite, petite...

La raison du plus « tort »

À tort ou à raison, des mots à consommer sans modération.

Dans un sketch d'anthologie (voir le PS ci-dessous), l'époustouflant Raymond Devos jonglait avec les mots à en perdre la raison. Même s'il faut raison garder, comme le répète à l'envi la fée Viviane, l'humoriste n'avait nullement tort. Comment se lasser d'une verve aussi jubilatoire ? Pour ma part, je me plais à savourer chaque pirouette verbale comme s'il s'agissait de friandises fondant sous la langue... française. Cela va sans dire.

En dehors de ce régal de mots, ce mercredi n'a rien de palpitant. De ma lucarne en forme d'huître, j'observe en silence l'agitation des préparatifs du festival des festivités à venir. Spectatrice d'un show auquel je ne prends pas part, je reste retranchée dans ma coquille, sans perspective de goûter la moindre tranche de foie gras ou de saumon...

Rassurez-vous, je n'en éprouve aucune tristesse. D'autant que je reste confiante. Papa Noël m'apportera sûrement l'ardoise magique que je lui ai commandée...

Belles fêtes à vous !

Tiens, juste pour le fun, je vais me déguiser en per(l)e Noël.

PS : Voici le texte de Raymond Devos :

« *On ne sait jamais qui a raison ou qui a tort.*
C'est difficile de juger. Moi, j'ai longtemps donné raison à tout
le monde.
Jusqu'au jour où je me suis aperçu que la plupart des gens à qui
je donnais raison avaient tort !
Donc, j'avais raison !
Par conséquent, j'avais tort !
Tort de donner raison à des gens qui avaient le tort de croire
qu'ils avaient raison.
C'est-à-dire que moi qui n'avais pas tort, je n'avais aucune
raison de ne pas donner tort à des gens qui prétendaient avoir
raison, alors qu'ils avaient tort !
J'ai raison, non ? Puisqu'ils avaient tort !
Et sans raison, encore ! Là, j'insiste, parce que... moi aussi, il
arrive que j'aie tort.
Mais quand j'ai tort, j'ai mes raisons, que je ne donne pas.
Ce serait reconnaître mes torts !!!
J'ai raison, non ? Remarquez... il m'arrive aussi de donner
raison à des gens qui ont raison.
Mais, là encore, c'est un tort.
C'est comme si je donnais tort à des gens qui ont tort.
Il n'y a pas de raison !
En résumé, je crois qu'on a toujours tort d'essayer d'avoir
raison devant des gens qui ont toutes les bonnes raisons de
croire qu'ils n'ont pas. »

Faux-amis

Est-ce parce que Français et Anglais se considèrent souvent comme chiens et chats (rosbeefs versus froggies) que leurs langues respectives pullulent de faux-amis ? Maybe or not maybe, that is the question.

Quand on prétend parler couramment la langue de feu Shakespeare, cela se traduit par *fluently* et non par *currently* qui signifie actuellement.

Alors qu'*actually*, abondamment usité par nos *amis-ricains*, signifie : en fait, en effet, en réalité.

De même, en tête du hit-parade (grrrr, ce franglais !) des faux amis, on trouve : *eventually* qui signifie finalement et pas éventuellement qui lui, se traduit par *perhaps*, *possibly*...

Dès lors, vous l'aurez compris, même les supposés (anglicisme pervers, car « prétendus » serait plus correct) *fluent* en anglais, s'emmêlent souvent les pinceaux. Et les *pencils* aussi.

Pour ma part, si la pratique de l'anglais est correcte, je ne suis pas aussi confortable (anglicisme *again*) que je le voudrais.

Ainsi, ce matin, je me demande ce que je veux réellement dire quand j'écris à un *feu-faux-bon-ami* : *God bless you*. Car, si mon intention première est certes de lui adresser une bénédiction apaisée pétrie de bienveillance, *quid* de mon inconscient et de sa facétieuse partie immergée qui souhaite (peut-être ?) que Dieu le blesse ?...

Sur cette réflexion un peu tirée par les frisottis de mes cheveux rebelles, je vous laisse. J'ai du taf. Un réveillon de Noël à préparer. Ce soir, ce sera fenouil, artichaut, spaghetti en fête tomate. En dessert, une mandarine et un carré de chocolat. Allez, soyons fous : deux carrés de chocolat... Elle est pas belle la vie ?!

Belle fête, mes vrais amis, et que Dieu vous bénisse ! En français, c'est plus sûr et sans ambiguïté aucune.
I'm so excited...

Voici les « petits » souliers que je vais déposer au pied du sapin...

Magie de Noël

Cadeau...

Il y a quelques jours, j'avais envoyé une lettre au Papa Noël avec la liste de mes envies. Eh bien, mes amis, aussi incroyable que cela paraisse, aujourd'hui, c'est vraiment Noël !

En effet, ce matin, au pied du sapin qui fleurit dans mon cœur, j'ai trouvé l'ardoise magique que j'avais commandée.

Par la magie de la vie, je vais pouvoir remplacer les maux par de jolis mots et écrire à nouveau de belles histoires.

Je savoure la sensation d'éternité de cet instant unique et vous dis : Merci. Oui, merci d'être là. Tout simplement là.

Je vous aime, mes amis.
Too bad pour la répétition et le pléonasme.

Ainsi que...

Valse de prénoms.

La neige qui nous a surpris hier après-midi s'étire en fin tapis dans le jardin. C'est dire si la nuit a été froide. J'ai d'ailleurs fort mal dormi. Pourquoi d'ailleurs ? Aucune corrélation n'étant établie entre la température extérieure et mon insomnie. Sauf peut-être la tiédeur de mon cœur en manque de sensations depuis... depuis... depuis... J'sais plus. C'est con de vieillir. On oublie. Ou plutôt, « *on s'habitue, c'est tout* », ainsi que le chantait admirablement l'ami Brel.
Et quand Jacques a dit, on lui obéit. Comme dans la comptine.

Pas claire, Mimi, ce matin. « *La nuit, vous dis-je* », pour plagier Toinette qui s'époumonait à sermonner Argan à propos de son poumon précisément dans « *Le malade imaginaire* ».
La nuit déclinée sur le mode de l'alphabet Morse en est-elle la cause ? Comment une séquence de rares points de sommeil entrecoupés d'interminables tirets de veille pourrait-elle donner la singulière impression que « *j'vais me découper suivant les pointillés...* », ainsi que le chantait le facétieux Bashung.
Et quand Alain a dit... Non, là, ça ne marche pas.

Bref, ce lendemain de Noël a une furieuse allure de gueule de bois. Un comble pour la sobre chamelle que je suis. D'ailleurs, je n'ai absolument rien bu, hormis de l'eau. Pas même bulleuse...

Sur ces considérations oisives, oiseuses et verbeuses, je vous laisse, les amis. Je vais cultiver mon jardin (secret), <u>ainsi que</u> le conseillait Voltaire.

Et quand François-Marie a dit... Zut, là non plus, ça ne marche pas.

Pour la peine, je retourne me coucher en *morse-oh* ! Me sens un chouïa ratatinée du bulbe...

Grrr !!!

Seconde nuit d'affilée désertée de sommeil...

Je tourne et retourne telle une toupie désaxée. Suis fatiguée.

De guerre lasse, je me résous à allumer et à écrire pour vider le trop-plein d'émotion(s) qui m'étreint. Écouteurs sur les oreilles, j'écoute : « *Time* »[10] d'Alan Parsons Project. Une chanson dont j'aime à la fois la mélodie et le message. Cela accentue le flux de mes pensées vers la tendresse que je ne peux m'empêcher d'éprouver encore et toujours à son égard. Grrr !!!

Je n'arriverai donc jamais à l'enlever de ma tête et de mon cœur[11]. Re-grrr !!!

Chaque fois que je fais un pas en arrière, il revient. Et plouf, je replonge.

Bon, cette fois, j'arrive à rester calme et sobre. À garder mon sang froid. À ne pas m'emballer. Du moins en apparence. Je me veux forte et déterminée pour ne rien lui montrer de mon trouble. Mais force est de constater (même si, comme dit mon amie Vivi, il faut raison garder) qu'un simple mot ou geste de sa part suffit à m'ébranler. Re-re-grrr !!!

Je vais résister et ne pas ne lui écrire. Je l'ai déjà bien trop fait. Ce serait trop facile pour lui. Il s'est montré si peu amène (euphémisme) au cours des derniers mois. Ce ne sont pas quatre

---

[10] « *Time* » : https://www.youtube.com/watch?v=yiPtOVP-kec
[11] Référence à une personne-tsunami dont j'ai du mal à me détacher.

mots et trois smileys de crotte qui vont suffire pour me faire revenir vers lui. Il va falloir qu'il se bouge un peu plus s'il veut recevoir à nouveau des mots de ma part. C'est certes dommage. Mais, je suis saturée de donner à fond perdu. J'ai atteint un seuil au-delà duquel il m'est difficile d'aller à présent. Il est vraiment allé trop loin avec son attitude blessante. Il a trop tiré sur la corde. Il a abusé. Et moi, j'ai besoin de me retrouver. J'ai certes peu (voire pas du tout) d'orgueil, mais un minimum de fierté.

C'était juste un instantané de mon ressenti cette nuit. Je vais essayer de dormir. J'en ai besoin. Je suis si tourneboulée.

Grrr, grrr, grrr et re-grrr !!!

Moi, j'me balance...

Images dominicalmes.

Ciel de perle. Collier de nuages irisés autour du cou, j'enfourche mon clavier volant aux franges tressées de touches enchantées. J'en ai une secrète qui efface les coquilles-peaux-de-banane, mais chut !

En dépit de mes insomnies récurrentes (*no comments, please*, je distingue bien dans le miroir mes petits yeux cernés de paillettes qui me donnent un faux-air de suricate), j'enfile ma tenue de Dora l'exploratrice, me hisse et me glisse entre les bosses de mon « *chas-mots* ». À dos de mots bleus (une pensée pour Christophe et Bashung qui les ont magistralement colorés), je traverse la poreuse réalité pour me transporter vers cet ailleurs inconnu (El Dorado ?) où j'espère ardemment me (re-)trouver...

Lovée au creux de ma capsule miniature, je ferme les yeux et me projette sur la balançoire de mon enfance. J'aime y retrouver la petite fille vêtue d'un manteau cerise au col caramel que j'étais alors. J'atteins ainsi un état de sérénité que certains appellent zénitude. Et ça, zen vraiment beaucoup.

Je vous laisse, mes amis. Je vous écris dès mon retour du pays de l'alignement sur son être profond. Promis.

<u>Grrr bis !!!</u>

Dimanche après-midi. Fait froid. Suis dans mon lit avec ma bouillotte en peluche. J'écris pour passer le temps et aussi parce que j'en ai envie.

Rassurez-vous, mes amis, je ne lui enverrai rien.

Je me répète à l'envi ce que la fée Vivi se plaît à me seriner dans un sourire : « *il faut raison garder* »...

Je peux toutefois vous l'avouer, mais vous le savez déjà, ce n'est pas l'envie qui manque de lui adresser quelques mots. Sans raison (et sûrement à tort), cet homme est toujours aussi présent dans ma tête et mon cœur. Bien malgré moi, croyez-moi.

Parfois, dans un sursaut de lucidité, je refais le chemin de cette p..... d'année pourrie, et je revis les douloureux instants où il m'a tant maltraitée. Une once de dignité jaillit alors des tréfonds d'une Mimi en confetti.

Toutefois, dans un monde parfait et sans aspérités, j'aurais bien envie de lui écrire :

Qu'il m'a fait mal.

Que sa dernière passe d'armes (son silence sidérant et sidéral face à la carte d'anniversaire virtuelle que je lui ai envoyée le 15 décembre dernier) a été aussi insupportable et abjecte que l'estocade que l'on fait subir à un animal blessé.

Que son message de Noël m'a à la fois surprise (agréablement) et en même temps troublée.

Que depuis, je réfléchis et m'interroge sur la signification de son comportement qui semble s'apparenter à une forme de perversité.

Qu'en parallèle, je me refuse à y croire et que je préfère imaginer que tout (enfin pas vraiment tout) pourrait repartir...

Pas de commentaires, s'il vous plaît, mes amis. Je vous entends penser si fort ! Je sais que cette mascarade est triste à pleurer et qu'il est dommage que je ne voie pas plus clair dans le jeu de cet hurluberlu dont je n'arrive pas à me défaire...

Voilà, j'ai encore posé des mots. Vains, sans doute. Mais ils sont ma soupape. Pour évacuer la pression. Sinon, j'explose, ou plutôt j'implose.

Je me sais soûlante avec cette histoire à deux balles qui yoyotte en permanence. J'en suis sincèrement désolée. Vous qui m'avez tant aidée et épaulée à traverser cet interminable parcours du combattant à rebondissements (digne d'un vaudeville), je vous adresse toute ma gratitude.

Du fond du cœur, merci d'avoir toujours répondu présent pour desserrer l'étau du kaléidoscope de mes pensées échevelées.

Huuum ou hem ?

Parenthèse sucrée d'un entre-deux fêtes.

Perchée sur mon nuage tressé de fils de barbe à papa couleur neige, je souris en observant le vrac de mes pensées éclatées façon puzzle. J'vous raconte pas le bazar ! C'est follement drôle de voir le tas de mes réflexions (d'ordinaire si sérieuses) se tordre de rire sur un étal d'épices en vrac. Quel souk !

Éblouie par le panachage de couleurs brunes et orangées, je hume l'afflux d'effluves épicés. Je salive et me délecte de l'éventail de mets mêlés de saveurs sucrées et pimentées qui s'étale devant mes pupilles aux allures de papilles dilatées.
Tiens, un canelé de canard au curry de cannelle ! Composition osée, certes. Osée, mais décevante. Très. Il me faut l'avouer. Le goût de ce « *quatre-c* » n'est pas du tout à la hauteur des espérances qu'il laissait miroiter. L'originalité d'une association hasardeuse de goûts et de textures a ses limites.

Sur cette image *croquignolesque*, je vous laisse, mes amis.
Je suis consciente que mon texte débile ne laissera pas une empreinte indélébile ni un souvenir impérissable, tant il est bof. Disons que ce lundi est un jour sans.
Sorry, mes amis. On se rattrapera demain.
Pour vous faire patienter, je vous sers un vin chaud qui fleure bon la cannelle et un sablé à la fleur d'oranger ? J'sais pas pourquoi, j'me sens l'âme d'un gâte-sauce en chef. D'autant que mes pensées hilares refusent de rejoindre leur sage placard...

Always on my mind

Mute yesterday. Zapping today.

Mots sans réelle substance. Même pas mots pour maux. Ni maux à mots.

D'abord l'image d'une vieille pub dans laquelle un petit garçon malicieux parle à son poisson rouge qu'il accuse d'avoir mangé ses _Chocosui's_ : « _Tu pousses le bouchon un peu trop loin, Maurice..._ »

Ensuite, une chanson de Ben Mazué : « _Attends-moi, le Monde, j'arrive, j'arrive..._ »

Puis, une autre de ce même Ben avec Pomme : « _J'attendrai que le temps vienne lisser nos tourments..._ »

Et pendant ce temps, au creux de mon ventre, cette boule (puante) de Noël à la fois si lourde et si vide. Grrr !

Et dire qu'aujourd'hui, la méditation du jour m'a fait pleurer parce qu'elle était toute amour... « _This too, shall pass_ »... (Elo comprendra)

Suis sibylline et si lasse, hélas ! Oui, lasse, surtout.
I'm sorry, so sorry, mes amis.

PS : J'envoie à chacun de vous, une pensée gorgée d'amour. Cet après-midi, je vais imiter Maurice, et pousser le bouchon un peu plus loin... Vive la pétanque !

Résolutionnaire

Ciao 2020 ! Requiescat In Pace...

Ouf, cette p….. d'année 2020 a fini par prendre le dernier train ! Nous voici donc sur le quai de 2021 qui, espérons-le, rimera avec parfum, embrun et tout le tintouin... Allez, je vous la fais : *tagada-tsouin-tsouin* !

Ce matin, j'aimerais vous souhaiter (vous, mes amis) une très belle année emplie d'abondance (tant pis pour l'éventuel pléonasme et la redondance) dans tous les domaines, particulièrement celui de la santé, sans laquelle la vie n'est qu'une peau de chagrin. Tiens, encore un mot qui rime avec 2021. À vite zapper, ce dernier. Z'êtes d'accord, les amis ?

Il est de coutume de prendre des résolutions le premier de l'an. Pour ma part, j'ai décidé que s'il ne fallait en prendre qu'une seule, ce serait justement de ne pas en prendre.
Je choisis donc de vivre chaque jour intensément. Ici et maintenant. En savourant chaque instant. Sans oublier qu'aujourd'hui est le premier jour du reste de ma vie...

Je vous embrasse affectueusement. Si vous êtes destinataire de ce fulgure un peu spécial, c'est que vous avez une place tout aussi spéciale dans mon cœur.
Très belle année à vous ! Vous m'êtes précieux.

PS : Sur ce, je m'en vais faire des lentilles et danser...

Happy new year !

Hymne fugace composé au passé, pour un « à-venir » tout sourire.

Agnetha et Frieda (de feu ABBA) susurrent une vieille mélodie[12] qui émerge des entrailles du PC. À l'instar d'un certain Yves Duteil à la guitare « *démangeuse* », le kitsch de la musique éveille les pulpes engourdies. Les fourmis jaillissent en feu d'artifice. Un puzzle des mots confetti pétille au rythme de bulles de champagne, trop longtemps contenues.

Laissons là, les conventions ! Au diable normes, carcans, corsets et empêcheurs de tourner en carré ! Cessons d'être raisonnable(s) et dansons sur les mots étincelants de Neil Diamond[13] qui nous enserrent avec tendresse. En ce premier jour de l'année, imaginez l'ocre dorée d'un matin de septembre...

Avec vous, l'été indien se dilue dans l'aquarelle de phrases, esquissées avec délice. Venez ! Approchez ! Murmurez-moi des douceurs dans le creux de l'oreille. Osez ! Votre souffle en émoi est en moi.

Et si ?... Oui, si nous osions ? Tels des magiciens de vie.

Mais vous dormez ? Je m'éclipse en vous chuchotant des vœux de belle et heureuse année.

Encore merci à la musique d'avoir porté mon souffle jusqu'à vous. Avec force et poésie.

---

[12] « *Happy new year* » : https://www.youtube.com/watch?v=vS2lWkn4g9g
[13] « *September morn* » : https://www.youtube.com/watch?v=zEuOkapb-_o

Le toboggan du temps

Time is flowing like a river...

Oui, mes amis, le temps passe. Jolie lapalissade, en vérité ! Souvent, je me plais à considérer le temps comme une onde glissant sur un toboggan magique en forme de parenthèse (clin d'œil à ma nièce qui finira bien par les aimer, ces foutues parenthèses, sourire) contenant l'ensemble des années qui nous sont offertes sur Terre.

Sur le toboggan de la vie, parfois, ça ripe, le temps semble ralenti. S'immisce alors la sensation que rien n'avance ; que tout est figé ; que les jours s'écoulent en copeaux d'ennui sortant d'une râpe mal calibrée.

À l'inverse, parfois ça file trop vite. Rien ne retient les heures qui carburent à fond de train. Impossible de trouver un point d'ancrage pour freiner la traversée de la spirale qui nous aspire.

Entre les deux, il y a les instants bénis et magiques qui coulent sur le « bon » rythme. Sur un tempo qui correspond à notre fréquence propre. Celle sur laquelle, notre être résonne et raisonne sur **LA** bonne vibration...

En suivant le challenge de méditation sur l'abondance proposé par Deepak Chopra (merci à ma douce Elo de m'avoir incluse dans son groupe), j'ai découvert une nouvelle vibration en moi qui m'a donné la force et l'énergie de franchir un cap essentiel qui m'a permis de me délester du poids qui me polluait.

Je remercie l'Univers de m'avoir guidée, souhaitant poursuivre la route sereinement sur le bout de toboggan qu'il me reste à parcourir...

Bonne fin de dimanche, mes amis.
Je vous enlace dans les lacets du toboggan de mes mots.

Au temps pour moi

Hier, j'évoquais le toboggan du temps (time) qui passe.
Aujourd'hui, je vous invite à faire un tour sur la balançoire
du temps (weather) qui varie tout autant que celui qui passe.

Dans mon Sud presque natal, cela fait plusieurs jours (en fait, depuis que 2021 est entrée en lice sans malice) que le ciel ne s'est pas déparé de sa parure perle. Le coquin sait se montrer coquet ! Comme moi, avec mes socquettes turquoise aux rebords irisés. Non, mais j'le crois pas. À peine quelques mots posés et déjà, les neurones disjonctent. C'est la fête à neuneu dans ta tête, ma pov' Mimi. Calme-toi ! Calme-toi...

Je disais donc que sur les joues ouatées des nuages boursouflés comme des meringues (rhoooo Mimi, tu es une infernale gourmande !) qui tapissent le ciel espiègle, coulent en quasi continu des larmes de pluie. En filigrane de leurs trames cotonneuses percent de rares rayons aux nuances de miel. Nimbé d'ambre, l'astre-roi se fait désirer (un peu de modestie, que Diable !). Derrière le rideau, le dandy cabot peaufine sûrement ses atours pour l'entrée en fanfare qu'il se prépare à offrir aux spectateurs curieux et impatients du théâtre des rêves.

Lovée au cœur de ma loge de princesse, je caresse la soie de ma robe de dentelle brodée de cœurs en diamant (on ne sait jamais, comme je reste persuadée qu'un jour mon Prince viendra, cela pourrait bien être aujourd'hui...) et trépigne. Telle sœur Anne qui guetterait un verdoiement ou un poudroiement, j'attends que la voûte céleste s'arrondisse d'un arc-en-ciel magique !

La métaphore est certes fort jolie, mais en réalité je suis avachie au creux de mon lit, vêtue d'un pyjama en pilou lie-de-vin. En toile de fond, la télé diffuse des infos anxiogènes à propos d'un virus mutant... Brrr !!!!

Bref, il fait un sale temps à ne pas mettre un canard dehors (qu'il soit parfumé à l'orange ou au citron). Je persiste toutefois, à croire qu'il vaut mieux regarder du côté du soleil, même si le facétieux se plaît à jouer à cache-cache avec nos vies.

Je ne vous avais pas promis un tour en balançoire ? Je suis décidément à côté de mes chaussons fourrés. Pardon, de mes pantoufles de vair.

Je vous avais prévenus : je suis une princesse indécrottablement déjantée. La fofolle en herbe (comme le blé) qui sommeille en moi, vous aime quand même...

PS : Je vous assure que je n'ai bu qu'un jus de galette des rois pour mon goûter.

Comme une galette dorée au soleil

Revoilà le soleil ! Il était temps... dans les deux sens du terme (celui du toboggan et de la balançoire) de mon jardin extraordinaire fulguriant et rieur.

Depuis la naissance de 2021, l'astre-roi était resté cloîtré. Sans doute, se reposait-il des frasques que 2020 a fait subir à notre pauvre Terre. Pour mémoire, sous ses faux-airs de première de la classe (avec un 20 sur 20 illusoirement prometteur), la bougresse avait avancé masquée. Pfff ! À l'unanimité, le jury de l'Humanité lui décerne *post-mortem* la palme d'or de la *pourritude*.

Pour revenir au soleil, j'imagine qu'il s'est régénéré en se mettant au vert. Soleil vert ? Rayon vert ? Hem !

Bref, il a probablement déambulé plusieurs jours incognito dans les allées du jardin sus-cité. Enrobé d'un imperméable couleur *gris-perle-de-pluie*, derrière d'épaisses lunettes noires, l'espiègle nous a observés à travers le petit trou du rideau de nuages irisés qu'il refusait de lever.

Rassuré sur le fait que 2021 ne serait, pour l'heure, pas pire (ni meilleure ?) que son infâme *prédécesseuse*, l'astre-roi a daigné pointer le bout de nez rouge-miel.

Aujourd'hui, 6 janvier, fête de l'Épiphanie, l'éventail de ses rayons s'est déployé dans la voûte superbement azurée. Hasard ou préméditation ? L'astre-roi est réapparu le jour de la galette, de la fève, et du tirage (*tirement* ?) de rois. Le coquin ne pouvait pas rater l'occasion de faire la (sa) fête...

Je vous souhaite une savoureuse galette, qu'elle soit brioche ou frangipane.

Pour ma part, aujourd'hui, j'ai décidé d'être la reine de mon royaume caché. Qu'importe que j'aie la fève et la couronne, je désire seulement le roi qui va avec.

Vous trouverez cachés sous mes mots friandises, mille bisous aux saveurs de crème d'amande, de graines de sucre et de fruits confits.

Zen et sereine

Ceci est un extrait du texte écrit à l'issue du challenge de méditation sur le thème de l'abondance que j'ai suivi durant les trois dernières semaines de 2020.

Quand ma douce nièce Eloïse m'a proposé de participer à ce challenge de méditation, je n'ai pas hésité une seconde. Je traversais alors une période un peu sombre et me sentais ballotée par la vie. Nous étions le 10 décembre 2020.

Au fil des jours, j'ai senti que l'énergie coulait de façon plus fluide à travers mes cellules. Sans blocage. Sur le « bon » rythme. Suivant ma fréquence propre. Celle sur laquelle, mon être résonne et raisonne désormais sur **LA** bonne vibration. Grâce à cette « nouvelle » vibration, j'ai ainsi trouvé la force et l'énergie de me délester d'un poids qui plombait et polluait mon existence.

J'ai aussi appris, du moins mis en évidence, qu'il suffit parfois d'inverser la polarité d'une pensée pour ouvrir la « bonne » vanne qui fera couler la source inépuisable d'amour qui est en nous.

Au terme de ces trois semaines de méditation, je me sens « lumineuse ». À l'image de l'éclat de cette percée à travers ces nuages parcourus de rayons ambrés.

À présent, j'ai la certitude que mon ciel intérieur est dégagé ; que mes humeurs négatives et embrumées appartiennent au passé ; que la vie qui s'offre à moi sera désormais plus « belle ». L'expression est certes galvaudée, mais je n'en trouve pas de plus précise pour exprimer mon ressenti.

Mon intention est de poursuivre dans cette voie, notamment d'approfondir la connaissance de mon être profond, d'être plus tolérante à mon égard, de prendre soin de mon corps et de mon mental, de me faire plus souvent plaisir. En résumé : de mieux m'aimer afin de créer et d'alimenter le cercle vertueux qui tournera pour offrir générosité et amour aux Autres.

Je cherchais une voie pour donner du sens à ma vie. J'ai entrebâillé **LA** bonne porte. J'avance désormais confiante.

Merci, ma douce Elo de m'avoir proposé cette expérience unique que je garde précieusement dans mon cœur et mon âme.
Namasté Deepak Chopra pour vos leçons de vie qui sont des guides vers des chemins de réflexion menant à l'apaisement intérieur. Dans ma main, j'ai les graines à semer aujourd'hui pour récolter un avenir éclairé d'espoir(s), d'amour et par conséquent d'abondance.
Merci à toutes les personnes du groupe pour l'énergie qu'elles ont insufflée.
Toute ma gratitude à l'Univers. *Namasté.* 🙏

PS : J'ai mis un émoticône. Profitez-en, car c'est le seul qui me fait déroger à la règle de ne plus du tout en utiliser.

Plenty of nothing

Mots sans motifs. Mots unis contre l'ennui qui désunit.

Samedi un chouïa gris. Journée idéale pour fainéanter. C'est d'ailleurs ce que j'ai fait. C'est à dire : rien ! *Niente, nada, nothing...* Si je connaissais l'hébreu ou le chinois, je déclinerais ce « rien » dans ces langages connotés difficiles et incompréhensibles pour la Française moyenne que je suis. Pour le fun, je m'amuserais bien à l'écrire dans des dialectes encore plus reculés, comme le *papaouasien* du sud, voire du nord.

Mais trêve de boutade. La langue, aussi belle, riche ou exotique soit-elle, ne fait rien à l'affaire. Un rien demeure un rien, quelle que soit la façon de l'exprimer. C'est d'ailleurs fou comme un rien du tout peut transformer la perception d'un samedi qui s'annonçait sans relief, et qui, au final, s'avère remarquable par sa *raplaplapitude* hors pair. Un véritable samedi de compétition.

Qu'est-ce que je peux écrire comme bêtises quand je n'ai rien à dire, rien à faire, rien à raconter de palpitant, si ce n'est de crier en silence avec mes mots de rien du tout que je suis vivante !...

Aujourd'hui, j'avais envie (et besoin ?) de poser des mots qui riment avec rien et qui, plus sûrement encore, ne riment à rien. Juste pour résister à l'ennui qui toque sournoisement et obstinément à ma porte depuis des heures. Grrr !!!

Mais rassurez-vous, mes amis, au cas où l'inquiétude vous saisirait, je ne céderai pas (plus) au *scrogneugneu* qui gratouille le creux de mon ventre rebondi.

Vive les samedis et les guirlandes de riens qui en tapissent les heures. Gageons que demain sera un autre jour. Remarquez, j'dis ça, j'dis rien... Beurk, je déteste cette expression !

Sur ce, je m'en vais faire un p'tit tour en roue libre, histoire d'évacuer cet agaçant trop-plein de rien(s).

PS : Euh... non... rien.

Sans filet

Un virus qui file à l'anglaise et bzzz, la Planète file un mauvais coton !

Quant à moi, je file en douce autant qu'en quenouille... Enfin, vous m'avez comprise. Sans commentaires.

Depuis deux jours, je n'ai absolument rien écrit.
Je reviens ce soir, juste pour saupoudrer une pincée de mots en forme d'étoiles filantes. Allez, je fais un vœu !

Sur ce, je file... la métaphore.

Amour(s)

Je voulais écrire à propos de l'amour-propre. Et voilà le résultat : un fulgure qui dépasse honteusement les limites autorisées. Too bad.

Je voulais donc écrire sur l'amour-propre, cette attention particulière que l'on se porte intérieurement en toute bienveillance. Un sentiment qui n'a rien de commun avec cet imbécile d'orgueil dont même la définition m'est étrangère. Cet amour dit propre (en existe-t-il un sale ?), qui me fait souvent défaut, et que j'assimile, à tort ou à raison, à un subtil panachage d'estime de soi et de dignité.

Je voulais écrire à ce propos pour réfléchir sur le fait de mieux m'aimer. Trouver des pistes pour me considérer avec plus de tolérance et d'indulgence. Et au final savoir si cela me conduirait à mieux aimer l'Autre. À mieux en être aimée. À en être aimée tout simplement.

Oui, je voulais écrire sur ce sujet pour comprendre si le fait d'avoir rangé si souvent ma dignité au placard, à côté des balais, m'avait « servie », parce que je me voulais transparente, et me croyais alors en harmonie avec mon être profond ; ou bien si cela m'avait plutôt « desservie », parce que je donnais tout pouvoir à l'Autre, qui avait dès lors toute latitude pour m'ignorer, m'enfoncer, m'humilier... En un mot : me détruire.

« *Toi, tu tends le bâton pour te faire battre* », me disait souvent ma maman. Je crois que j'ai ma réponse.

Je voulais aussi écrire à propos de l'amour que l'on porte à l'Autre. J'ai mis un « A » majuscule à cet Autre (Autrui) pour englober toutes sortes d'amour (maternel, paternel, filial, fraternel, amical, amoureux...). Même si un amour amoureux ressemble à une lapalissade redondante, j'assume ce pléonasme qui toque à la porte de ma prose alambiquée.

Pour lever toute ambiguïté, j'aurais dû doter ce foutu amour d'un « A » majuscule. Vous auriez immédiatement saisi que j'évoquais ce sublime sentiment à la fois unique et universel, à l'image de l'Humain. Ce sentiment dual qui colore la vie de rose et de gris. Ce sentiment paradoxal qui se décline si difficilement selon que l'on vive avec ou sans... Puisque, sans, la vie paraît plate, fade, sans saveur (sans intérêt ?) et qu'avec, la vie devient kaléidoscope.

Dans ce dernier cas, telle une boule multifacettes, l'Amour illumine les sensations, exacerbe le quotidien qui se mue d'un ennuyeux train-train à un TGV supraconducteur et futuriste qui roule sans toucher terre. Comme si des ailes avaient poussé sur les rails de l'existence.

Encore faut-il que ce foutu Amour soit partagé, m'objecterez-vous. Et je vous répondrais : « *Oh que oui !* », car si ce n'est pas (plus) le cas, tout est bougrement plus complexe et compliqué. Grrr !!!!

Par un jeu de miroir déformant, les actions deviennent alors erratiques. Telle la marche au hasard d'un poivrot. Les sensations se font torture ; les pensées ruminations. La balançoire du quotidien se mue en catapulte d'un paradis supposé à un enfer conforme à l'image ténébreuse que l'on s'en fait sur Terre.

Pourquoi ai-je cédé à la pression qui s'était accumulée tout au long d'une année rimant avec vain ? Sans doute le seuil de saturation était-il pulvérisé.

Toujours est-il dans un sursaut de dignité, au tout début de cette année qui rime désormais avec parfum, j'ai privilégié l'amour propre au détriment de l'amour. Avec un petit « a » cette fois. Puisqu'il s'agit (s'agissait ?) d'amour amical.

J'ai voulu jouer à la grande fille et voilà le résultat. →

Mais bon sang, que c'est dur de conserver une position ferme ! Tant le ressort interne tendu à l'extrême menace de se rompre... Re-grrr !!!

PS 1 : Même si le bâton tend le bout de son nez, je ne sais pas vraiment faire autrement que d'être transparente lorsque j'écris. Re-re-grrr !!!
PS 2 : *Sorry*, aujourd'hui, je me suis laissé dépasser. La limite des 1500 caractères *fulgurigineux* est largement explosée. En plus, j'ai mélangé des notions que je maîtrise mal. Si mal !...

À la pointe...

Comptine qui ne compte pas et ne conte rien.

« *J'en ai marre. Mare à boue (Marabout). Bout d'ficelle. Selle de cheval. Cheval de course. Course à pied. Pied-à-terre. Terre de Feu. Feu follet. Lait de vache. Vache de ferme. Ferme ta boîte. Boîte à clous. Clou de chaussure. Chaussure de zouave. Zouave d'Afrique. Afrique du Nord. Nord de France...* »
La suite ? J'ai oublié. Il me semble que la comptine retombait sur ses jolis pieds cambrés de ballerine sur pointes pour repartir sur : « *J'en ai marre* »...

Bref, aujourd'hui, j'en ai marre. De tout. De rien aussi. Du temps qu'il fait. Gris très foncé ce matin. Au loin, ciel chargé de nuages sombres. Au près, pas d'eau à la maison. Sans doute une coupure consécutive aux travaux dans le coin. Il y a toujours des problèmes d'eau dans cette foutue rue...

Je voudrais prendre rendez-vous pour me faire vacciner contre le/la Covid, puisque je fais partie des personnes à haut risque, et cet idiot de *Doctolib* n'a aucune disponibilité en ligne pour le centre le plus proche de mon domicile. En plus, je ne peux même pas me laver. Grrr !!!

Pas d'inquiétude toutefois, ceci est passager, comme la vie mes amis. J'en ai peut-être marre, mais je vais bien, tout va bien... et je suis gaie, tout me plaît. Yep !

En attendant le retour de l'eau, je vais me déguiser en ballerine pour discrètement m'échapper sur la pointe des pieds.

PS : Il y a des fulgures comme ça, qui ne veulent rien dire, ne servent à rien, ne disent rien, ne riment à rien. Un fulgure à la pointe de l'inutile, en somme...

Sculpturentelle

Une de mes tantes disait : « il n'y a ni bien ni mal qui dure cent ans ». Lors du challenge de méditation sur l'abondance que j'ai suivi en décembre dernier, une réflexion sur une parabole se résumait à « this too, shall pass »...
Effectivement, cela aussi passera.
Comme tout dans la vie. Comme la vie elle-même...

Aujourd'hui, j'ai envie de vous confier que lorsqu'il fait gris et que je ne le suis pas, j'aime me rêver en *sculptrice-dentellière*... J'aurais ainsi le pouvoir de vie et de mort sur ma vie. Je pourrais la modeler et la ciseler à souhait. La refaire à l'envi. Gommer d'un coup de ciseau ce que j'ai « mal » fait, et ce que j'ai le sentiment d'avoir loupé. Je pourrais éliminer les bouts fil foireux pour composer différemment (mieux ?) une fine dentelle qui décorerait harmonieusement la nouvelle composition. Je pourrais effacer les faux-pas, les actes manqués, les coups de griffes... et tout ce qui fait souffrir, autant les autres que moi-même. Je pourrais me montrer plus généreuse, moins triste, moins exigeante, moins chiante, plus autonome, plus sereine, plus zen... Des plus et des moins qui feraient un joli équilibre.
Je pourrais tout cela et bien davantage encore si la vie se résumait à une texture modelable et si j'étais artiste...

Mais il n'en est rien. La vie n'est pas de marbre, de bronze ni d'argile. Elle ne se refait pas. D'autant que ne suis ni sculptrice, ni dentellière. Tout au plus *motiste*...

Pour conclure ce fulgure aux allures *bofinesques*, je dirais que je suis animée de sentiments embrouillés. Mon quotidien semble si *scrogneugneu* ! J'aime bien la dualité de cet adjectif *schtroumpfique* et nébuleux qui ne veut rien dire et qui peut tout dire. En fait, je suis lasse de traîner une carcasse mollassonne et un mental hyperactif qui mouline *H-presque-24*. Grrr !!!

Même si ma réalité n'est ni pire ni meilleure que celle vécue au cours des derniers mois écumés en quête d'un ballon d'oxygène, d'une bulle d'amour, d'un flocon d'attention, aujourd'hui, j'avais vraiment envie de me sentir à nouveau emplie. Aussi, ai-je endossé, l'espace de ces quelques mots cavaliers, le costume d'une artiste-exploratrice, à la fois sculptrice et dentellière.

PS : À défaut de modeler de la pâte à vie, je modèle des mots pour *démodeler* mes maux démodés.

Fulguraisons

Ce matin, sans raison, je m'amuse à triturer le mot :
fulgure. Je le conjugue à tous les temps, sur tous les modes, et le
décline suivant tous types de terminaisons.

En fait, je cherche un titre original pour coller au plus près
au recueil que je vais composer avec l'ensemble des textes écrits
tout au long cet hiver 2021 un peu particulier.

Cela pourrait être : « *2021 : l'odyssée d'un hiver*
fulguraire » ; ou bien : « *Fulgurations ; Fulguruminations ;*
Fulguriminences ; Fulgurescences ; Fulgurances ; Fulguriages,
Fulgurades ; Fulgurides ; Fulgurites ; Fulguritudes ;
Fulguritures ; Fulgurilège ; États d'âme fulgureux, rugueux,
riants et rieurs ; États d'une âme fulgureuse ; Fulgures fugueurs ;
Toccata et fulgures en mots majeurs ; Fulgurez-vous ! ; 1, 2, 3...
Fulgures ! ; Fulgurément vôtre ; Un peu, beaucoup,
fulgurément ; Fulguretc ; Fulgurissimo ; Au bon fulgure ; Les
voyages de Mimi en Fulgurie ; Les fulgures de Mimi ;
Festi'fulgures ; Un amour de fulgure ; Fulgurathon ; Fulgures en
liesse ; Le brin de mot et le fulgure ; La cigale et le fulgure... »

Je pourrais continuer ainsi jusqu'à plus soif, mais cela
risquerait de devenir *fulgurufumeux*, voire *fulgurennuyeux*.

Il me semble toutefois que si je tiens la route pour écrire
ainsi toute une année afin d'éditer un recueil par trimestre (soit
environ 90 fulgures par ouvrage), il me faut chercher un titre
générique à décliner suivant les quatre saisons.

Par exemple : « *2021 : l'odyssée d'un hiver fulguraire* » ; *... d'un printemps fulgurant* ; *... d'un été fulguré* (ou *fulgur'à thé*, mais pas *fulguraté*) ; ... d'un automne *fulguratone*.

Le dernier étant vraiment peu engageant, car il augure de fulgures fatigués aussi mollassons que les pyramides d'une barre de *Toblerone* fondu, il me faudra trouver mieux. Peut-être ferai-je rimer automne avec « *fulgurazon* » (à prononcer à l'espagnole comme *Corazon)*, ou bien avec *fulguraphone...*

Comme il n'y a aucune urgence en la matière, j'applique la maxime : *wait and see*, foi de Mimi qui mouline *fulguramineusement* dans le donjon de sa tour de *Babybel*.

Bon dimanche à toutes et tous. Je vous envoie une bise et vous enlace dans mes mots *fulgurheureux*.

PS : J'ai la sensation d'être en *fulgoverdose*. Pas vous ?

Le cœur et ses couleurs

Un fulgure écrit au réveil d'un joli lundi.
Des mots en partage. Juste pour le plaisir de sourire.

Voulzy avait « *le cœur grenadine* ». Mouais ! Et pourquoi pas ananas, banane, fraise des bois, menthe, pamplemousse, anis, réglisse, orgeat, chocolat, litchi, pêche ou violette ? Les parfums de sirops se déclinant sur un éventail de variétés infinies, la couleur aurait pu être beaucoup plus originale qu'une banale grenadine. Sauf si l'on considère que le fruit dont est issu ledit sirop a une connotation explosive dont l'auteur voulait peut-être parer son cœur en émoi.

À ce propos, et moi, et moi, et moi... Comme le chantait Dutronc à une époque où les Chinois, dépourvus de virus, n'étaient que 700 millions.

Oui, moi ! De quelle couleur est donc mon cœur ? En voilà une question qu'elle est bonne, pour plagier Coluche qui, soit dit en passant, maniait la langue française beaucoup mieux que cette référence ne pourrait le laisser penser.

Parenthèse sans intérêt, et néanmoins remarquable (on dirait du Desproges) : le comparatif référentiel (Voulzy, Dutronc, Coluche...) ainsi que les digressions associées ressemblent furieusement aux cernes de l'arbre derrière lequel je me réfugie pour retarder mon entrée dans la forêt, à savoir le vif du sujet, c'est à dire la couleur de mon cœur. Comprenne qui pourra, car même moi, je suis comme deux ronds de flans derrière l'arrondi ventru de cette parenthèse incongrue.

Mais revenons à nos moutons de cœur. Il y a bien des valets, des dames, des rois, des as de cœur, voire des neufs et des nazes de cœur, alors pourquoi pas des moutons ? Grrr, cet arbre ! Donc, la couleur de mon cœur ?

Si vous me posiez la question, et si vous insistiez, je répondrais de façon tout à fait spontanée (hem !) : peut-être arc-en-ciel, ou bien blanc (tiens donc, la seule couleur qui n'en soit pas une au sens purement vibratoire du terme), ou mieux transparent...

Photo Pierre Bentolila

Sur ce, je vais siroter un sirop de sureau à l'eau dont je ne connais ni le goût ni la couleur.

Après cette investigation colorée, on peut aussi (et surtout) se demander pourquoi depuis des siècles le cœur est l'organe symbole des sentiments, des émotions, de l'Amour...

Imaginez l'ombre d'une seconde que votre amoureux ou votre amoureuse vous appelle affectueusement « *mon petit rognon des bois* », ou bien « *mon pancréas d'amour* », « *ma rate en sucre* » au lieu du sempiternel : « *petit cœur* ».

Remarquez, moi, j'aimerais bien que l'on m'appelle tout court...

PS : Je ne mets pas d'émoticône que j'exècre, mais le cœur y est.

Bacri est parti...

Je viens d'apprendre la mort de Jean-Pierre Bacri.

C'était un sacré bonhomme. Très particulier. Atypique. Sans langue de bois. Et extrêmement talentueux. Je l'avais tout bonnement adoré dans : « *Le sens de la fête* », film dans lequel il était absolument excellent.

À la fois rebelle, râleur, bougon, moqueur, faussement désabusé (résigné ?), sensible... Il avait en lui une espèce de décalage, une dualité à la fois à peine décelable et voilée. C'est du moins ainsi que je le ressentais. Il manquera au cinéma et au théâtre français.

Ce soir, je pense à celle qui fut si longtemps sa compagne : la sublime Agnès Jaoui qui a perdu l'âme sœur de sa vie, à ses enfants (j'ignore s'il en avait), à sa famille, à ses amis.

Le crabe l'a bouffé...
C'est révoltant. Révoltant et infiniment triste. *RIP*, l'Ami !

J'ai juste envie de partager avec vous un poème de Prévert qui nous rappelle à quel point nous ne possédons jamais « l'après »... Voici donc ce sublime poème où tout est dit. De façon si simple et si vraie à la fois.

Après

« À peine la journée commencée et... il est déjà six heures du soir.
À peine arrivé le lundi et c'est déjà vendredi,
et le mois est déjà fini,
et l'année est presque écoulée,
et déjà 40, 50 ou 60 ans de nos vies sont passés.
et on se rend compte qu'on a perdu nos parents, des amis,
et on se rend compte qu'il est trop tard pour revenir en arrière.
Alors... Essayons malgré tout, de profiter à fond du temps qui nous reste.
N'arrêtons pas de chercher à avoir des activités qui nous plaisent.
Mettons de la couleur dans notre grisaille.
Sourions aux petites choses de la vie qui mettent du baume dans nos cœurs.
Et malgré tout, il nous faut continuer de profiter avec sérénité de ce temps qui
nous reste.
Essayons d'éliminer les « après »...
Je le fais après, je dirai après, j'y penserai après.
On laisse tout pour plus tard comme si « après » était à nous.
Car ce qu'on ne comprend pas, c'est que :
après, le café se refroidit...
après, les priorités changent...
après, le charme est rompu...
après, la santé passe...
après, les enfants grandissent...
après, les parents vieillissent...
après, les promesses sont oubliées...
après, le jour devient la nuit...
après, la vie se termine...
Et après c'est souvent trop tard...
Alors... Ne laissons rien pour plus tard...
Car, en attendant toujours à plus tard, nous pouvons perdre les meilleurs
moments, les meilleures expériences, les meilleurs amis, la meilleure famille...
Le jour est aujourd'hui... L'instant est maintenant... »

Le vide et la vacuité

Ne vous méprenez pas. Ce fulgure n'a rien d'une fable sur le modèle de celles de Monsieur Jean de La Fontaine. D'abord, il n'y a pas d'animaux aux faux-airs d'Humains. Ensuite, il n'y a pas d'histoire. Enfin, il n'y a aucune morale...

Mardi dis, dis, dis...

Tiens, il y a de l'écho dans mes mots. C'est bien le seul endroit où l'écho se manifeste. En vrai, il n'y a aucun écho à mes propos. J'ai beau y être habituée, cela m'agace toujours autant. Cela vous paraît abscons ? Moi aussi. Même con tout court. J'ai l'impression, pour ne pas dire certitude, d'écrire dans le vide. Pour du vide.

Vous imaginez comme cela peut être gavant à la longue cette sensation de vide. Gavant et paradoxal aussi. Comment concevoir que le vide, symbole de non-matière, puisse remplir au point de déborder et de saturer ? Comme un étau impalpable et étouffant.

À cet instant, je m'interroge sur la subtile différence qui existe entre vide et vacuité.

En insatiable curieuse, je suis allée consulter mon pote « *Le-Net* », sûrement honnête en l'occurrence. J'ai ainsi appris que le vide renvoie à un sentiment de néant qui se caractérise par l'absence d'intérêt, de valeur, de signification. Alors que la vacuité insiste sur l'interdépendance des choses, qui fait que rien n'existe de manière autonome et séparée...

Cela ne m'avance pas vraiment. Mon pote « *Le-Net* » est peut-être honnête, mais pas très net. La cervelle de Mimi a du mal à assimiler et à intégrer la différence sus explicitée.

Tant pis. Je continuerai à mélanger les deux notions.

De toute façon, j'aime bien penser que je suis *vacuite*, plutôt que vidée. Ça fait « *plus mieux* » et plus *culturé* aussi.

Et comme tout le monde se fout royalement de mes états d'âme supposés emplis d'un néant dépourvu d'intérêt, je vais faire comme la cigale de la fable. Après avoir chanté toute une année en vain, je vais danser sur cette année tremplin vers... un vide moins plein. Glups !

Sur ce, bonne soirée. Youpi, demain c'est mercredi, dis, dis, dis !... On dirait bien que je boucle encore sur l'écho.

En cadeau, cette superbe photo pour illustrer la beauté de certains échos. Merci à Piotr Leczkowski d'avoir su saisir la puissance et la grâce de ces deux danseurs du Polish National Ballet (Macha Zhuk et Patryck Walczak) qui se font écho, leurs bras dessinant le symbole infini.

Art-doise

Pour faire un joli fulgure, il faut espoir garder (la formule ne marche pas qu'avec raison !), même si, foi de Mimi, ce n'est pas aisé de se renouveler chaque jour.

A fulgure a day... certes. Je m'en suis fait la promesse intérieure, un matin de décembre. Je m'y suis presque tenue. À quelques exceptions près, le contrat est respecté. Mais, je l'avoue, cette promesse relève parfois de la prouesse, tant certains jours le flux inspiratoire est aussi sec qu'une éponge racornie sur le rebord d'un évier ébréché. Vous imaginez le tableau à faire pleurer dans les chaumières ?

Pour ma part, plutôt qu'un infâme tableau triste et noir, je préfère visualiser une ardoise d'écolière quadrillée (les carreaux concernent l'ardoise, pas l'écolière, encore que le tartan de son kilt peut l'être aussi). Donc, le décor maigrelet se réduit à une ardoise cerclée de bois sculpté, vierge de toute inscription.

Puis, miraculeusement, une petite lueur vient éclairer la scène. Une étoile à plusieurs branches se dessine à la craie blanche. Suit un mot bleu (un de ceux qui rendent heureux et/ou amoureux). Puis un autre en rose (à l'image de la vie chantée par Piaf). Peu à peu, mot après mot, une phrase aux tonalités violette prend forme. La magie agit. D'autres phrases composent un tableau pointillé de touches jaune, vert, orange...

Quand le noir de l'ardoise est maculé d'un texte aux nuances arc-en-ciel, se devine en filigrane un univers aux harmonies gorgées d'espoir et de soleil.

Aujourd'hui, je me croyais sèche au niveau inspiration. Un comble pour un mercredi pluvieux de janvier. Finalement, les mots se sont posés. Fidèles amis-mots, merci de m'avoir aidée à tenir promesse. Merci d'avoir composé, presque à l'insu de mon plein gré, ce joli fulgure habillé d'or et de lumière.

Belle journée à vous, mes amis ! Vous ai-je déjà dit que je vous aimais ? Il me semble bien. Comme je méfie de ce sournois d'*Alzhei-schtroumpf* qui rôde dans les parages de nos âges, je préfère assurer.

À bientôt. Sans doute, à demain. Promis.

PS : Je m'accroche à la clé de mon ardoise magique.

Chantons sous la pluie... juste un peu

Il pleut, il pleut, bergère... et il pleure dans mon cœur...
Juste un peu.

Comment ai-je osé associer la comptine pour enfants et le premier vers du célèbre poème de Verlaine ? D'autant qu'il n'existe aucun lien entre les deux, hormis l'évocation de l'eau, transparente et limpide, à la fois larmes et pluie.

Aujourd'hui, mon cœur ne pleure pas. Ou alors juste un peu.
Parce qu'il est juste un peu fragilisé, à l'image d'un brin d'herbe mouillé qui ploie sous la pluie. Mais tous deux s'en remettront. Tous deux se redresseront. Plus forts encore.
En attendant le soleil régénérateur, je vais chausser mes bottes secrètes et arpenter mon jardin tout aussi secret. En chemin, je cueillerai une marguerite gorgée d'eau. Puis je l'effeuillerai. Doucement. Pour chaque pétale, je poserai un mot d'amour.
Juste pour remercier l'Univers, un peu, beaucoup, passionnément, et même à la folie. Parce que la vie peut encore être belle...
Allez, on y croit, les amis. Même juste un peu. Même si les temps ne vont pas dans le sens d'un vent de sérénité.

Je suis juste un peu confuse, car le fulgure du jour est au ras d'une marguerite aux allures de pétard mouillé. *Sorry*, mes amis. *Really sorry.*
Sur ce, je rentre mes blancs « *mot-ons* ». Je les ressortirai ragaillardis, un autre jour qui rimera en « i ».

PS 1 : J'ignorais que Verlaine avait écrit son célèbre poème en écho aux mots de Rimbaud : « *il pleut doucement sur la ville* ». Vous le saviez, vous ?

PS 2 : Aujourd'hui, je suis en mode pluie... juste un peu.

Pluie de mots

Sur l'air de la chanson de Cabrel : « Je t'aimais, je t'aime et je t'aimerai... », mes mots coulent en déclinaisons incongrues : « Je pleuvais, je pleuve, et je pleuverai... »

Je sais, ce charabia est incorrect et n'a rien de français. Mais vous êtes désormais coutumiers de mes manies *néologistiques*. Vous savez bien que *j'adooooore* prendre certaines libertés avec notre superbe langue, notamment en conjuguant de façon très personnelle un verbe qui ne l'est pas.

Dans cette même veine libertaire, j'aime imaginer l'air joyeux (ou contrit, selon la météo) d'un quidam affirmant : « *je fais beau (mauvais, gris, nuageux...) ce week-end* ». Cela ne voudrait rien dire, n'est-ce pas ? C'est d'autant plus abscons que ce même individu a toute légitimité (sémantiquement parlant) pour « *faire le beau* », qu'il soit canin ou humain, et même « *se faire la belle* »...

Pour revenir au domaine météorologique, s'il est possible de souffler le chaud et le froid, par temps de canicule ou de blizzard, aucun Français (linguistiquement éduqué) ne dira : « *je fais chaud (ou froid)* ». Alors que nos amis Anglais (généreux producteurs de picots viraux variants) n'hésitent pas à affirmer sans sourciller « *I'am hot/cold* » quand ils éprouvent ladite sensation, ce qu'il ne faudrait surtout pas traduire de façon littérale par : « *je suis chaud(e)/froid(e)* », qui n'a évidemment pas la même signification.

Pour revenir à notre « amie » du jour, je n'aurai qu'un seul mot : pouah ! Parce que j'en ai marre de cette pluie-là.

Depuis quand le ciel se permet-il de déverser autant d'eau en continu ? C'est crétin de goutter comme ça. On dirait un robinet hémorragique. Il est où le garrot, il est où ?

C'est malin de couler comme ça. Au sens propre du terme, c'est à dire malsain. Le contraire de bénin, si vous préférez. Non, vous ne préférez pas ? Eh bien, tant pis pour moi. Je m'en vais enneiger l'écran en effaçant mes mots noirs de pluie.

À l'abri sous mes mots parapluies, je vous embrasse en chantonnant : « *je neigeais, je neige et je neigerai...* »

Photos-nostalgie

Très envie de célébrer Monsieur Soleil, enfin revenu !...

Imaginez un instant que les touches du clavier cliquètent comme des claquettes. De façon quasi magique, les mots sautillent sur un tempo syncopé. Aériens, ils volètent au-dessus des maux qui s'allègent peu à peu.

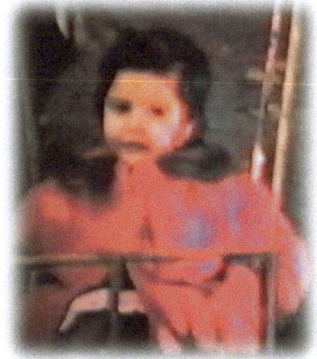

Vous me suivez ? Je vous emmène dans le petit jardin d'enfants incrusté au cœur de ma mémoire. Je m'y réfugie souvent pour me blottir dans la chaleur du manteau rouge cerise au col de peluche chocolat-caramel que j'aimais tant.

Là, tout doucement, j'entends la voix de Maman qui me berce sur la vieille balançoire de métal dont je revois la couleur rouge-orange-rose passée.

Dans ma bouche, le goût d'un pain au chocolat brioché. Texture moelleuse. Saveur sucrée. Incomparable. Je ne l'ai jamais retrouvée depuis... À chacun(e) sa madeleine.

Juste envie de figer l'instant. Comme une photo *Polaroïd* gravée sur le parchemin de ma vie.

Cette vie qui coule... coule... coule...

Cette vie à laquelle je m'accroche, parce que je me veux plus forte que tous les vents, toutes les marées et tous les tsunamis qui ont m'ont blessée. Sans commentaires.

Cette vie si précieuse. En laquelle je veux croire chaque jour. Encore et toujours. À qui j'ai envie de dire :

« Car vois-tu chaque jour, je t'aime davantage.
Aujourd'hui plus qu'hier et bien moins que demain. »

 J'ai emprunté ces mots, que l'on pourrait trouver mielleux et éculés, à Rosemonde Gérard, poétesse du XIXème siècle. Ces vers figuraient sur les médailles d'amour que mon Papa vendait dans sa bijouterie...

Sans doute est-il temps de revenir à l'instant présent. Je suis heureuse d'avoir serré mes parents contre moi, le temps de ces quelques mots surgis à la faveur d'un éphémère retour vers ce passé que j'aime tant retrouver.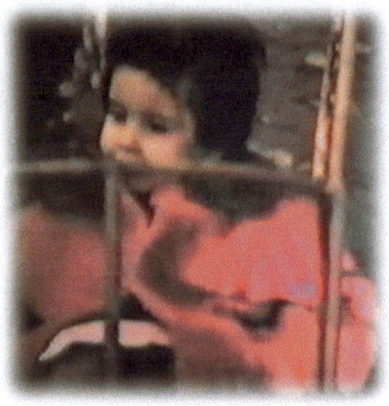

PS : Un infini merci à mon frère Jacky pour ces précieuses photos.

Un jour comme un autre

Dimanche. Un jour que je n'aime guère. Et pourtant...

Autrefois, à la maison, repas dominical rimait avec familial. Au dessert, il y avait presque toujours un plateau de délicieuses pâtisseries. Je me souviens parfaitement de la boulangerie où Maman achetait ces babas chantilly, éclairs au chocolat, tartelettes aux fraises, millefeuilles vanillés... qui faisaient le régal de la fillette que j'étais alors.

Aujourd'hui, le repas du dimanche n'a plus rien de spécial. Semblable en tous points à ceux des autres jours de la semaine, il est devenu frugal, banal, voire *brunch-al*... Plus personne ne met de beaux habits pour manger ; la table n'est pas couverte d'une jolie nappe immaculée, bien repassée ; les mets ne sont pas plus raffinés que d'ordinaire.

Le jour, dit du Seigneur et de la famille, désormais synonyme de décontraction et de cocooning a perdu son statut de « supériorité » par rapport à ses congénères de la semaine. Il ne lui reste qu'une seule spécificité : celle de ne pas rimer en « i ».

Pour étayer mon argumentaire, mon repas de midi fut un plateau-télé composé de pâtes, d'un morceau de fromage et d'un fruit. Vous voyez, rien de bien folichon. Et aujourd'hui, même mes mots s'enlisent dans un méli-mélo pâteux.

Encore un fulgure à ranger dans la case : « bof ». Il en faut. C'est à l'image de la vie. De ma vie...

Je vous envoie une bise-nuage en forme de cœur.

Soleil d'un jour lunaire

Quelques mots rapidement griffonnés ce matin. Juste pour honorer la promesse d'écrire un fulgure par jour, que je me suis faite un vendredi matin de presque hiver, il y a maintenant sept semaines.

Un peu de vent, beaucoup de soleil et hop, nous voici repartis pour une nouvelle semaine ! Repartis pour un joli lundi, empli de douceur et de vie. Car il nous faut vivre, mes amis. Autant que nous le pouvons. Avant l'éventuel confinement, troisième du nom, qui pend au bout de ce premier mois d'une année que chacun de nous espérait plus apaisée que la précédente... Mouais.

Mes mots sont maigrichons aujourd'hui. Peut-être est-ce bon signe ? Signe que la vie, la vraie, l'emporte sur celle que je crée à travers ma prose, reflet du parcours parfois tortueux de mes états d'âme. Le silence est parfois si éloquent ! D'ailleurs, cette citation de Khalil Gibran « le dit » beaucoup mieux que moi :

> *« Il y a un moment où les mots s'usent.*
> *Et le silence commence à raconter. »*

Je vous serre dans mes phrases étiques. À bientôt pour de nouveaux mots. Je vais prendre le soleil de ce lundi.

Rysette

Aujourd'hui, c'était l'anniversaire de mon amie Maryse de Bretagne (l'appellation fait très royale) que j'aime appeler affectueusement Rysette. Parce ce qu'elle est : Ma Rysette...

Aujourd'hui, pour la circonstance, un éventail de rayons ambrés s'était déployé au cœur de la voûte azurée. L'astre-roi avait mis ses beaux habits d'un mardi de fête.

J'espère que la journée a déroulé ses heures au diapason du bonheur d'être entourée de tes amis bretons, ma douce Rysette. Je sais que pour l'occasion, il y avait un (des ?) gâteau(x) et des bulles pétillantes... dans ta jolie maison si accueillante.

J'espère que tu as été gâtée par des mots de douceur, d'amitié et d'amour de la part de celles et ceux qui ont une place de choix dans ton cœur si généreux.

Pour moi, tu le sais, ma Rysette, tu es ma plus fidèle amie. Tu es le miroir qui me remet à l'endroit quand je vais de travers. Tu es celle qui répond toujours présente, quelles que soient les circonstances. Qui sait écouter, réconforter, trouver le meilleur de chaque situation, même les plus « désespérées ». Tu m'es extrêmement précieuse.

Alors, bel anniversaire à toi, Rysette. Tu trouveras au creux de mes mots une brassée de bises parfumées qui t'assurent de mon indéfectible amitié, sincère et intemporelle.

Je vous aime aussi, mes autres amis...

La biscotte-madeleine

Juste un minuscule bonheur à partager...

Quand on n'est pas plus haut que trois pommes, on aime les fruits dont on ignore encore qu'ils sont défendus. Mais est-ce vraiment pêché de croquer une biscotte qui craque sous la dent ?

Les lèvres se referment sur la friable texture et la fine couche de beurre salé se mêle à la saveur onctueuse d'une confiture de fraises, ou mieux d'abricots. Le dur, le mou, le sucré, le salé... tout se mélange sacrément. Des milliers de papilles s'érigent sur la langue pour se fondre sur les miettes qui croustillent, s'accrochent à l'émail et gratouillent le palais...

Bouchée après bouchée, le plaisir se renouvelle telles des vagues qui laissent la trace des quenottes sur la biscotte.

Quand enfin, il ne reste plus une seule miette, subsiste une délicieuse réminiscence d'enfance, à des années-lumière de là...

Jeu (de mots) blanc

Ne serait-ce pas mercredi, jour béni des petits et des moins petits ? Mais oui, les amis ! Et j'ajouterais hihihi ! Mais qu'elle est bébête, cette Mimi !

Voici une jolie entrée en matière lorsque l'on n'a rien dire. Ce qui semble être le cas.

Je vous raconterai bien le ciel d'un bleu à faire pâlir tous les schtroumpfs de France, de Navarre et d'ailleurs, les rayons de miel d'un soleil si généreux qu'il en devient suspicieux.

D'ailleurs, si ce n'est déjà fait, je ne saurais trop conseiller aux complotistes de tout poil, d'enfourcher leurs plumes acides et stupides, pour incriminer le soleil de l'ensemble des maux de la Terre. Parce que sous ses faux-airs patelins, le gredin pourrait bien être un grand manipulateur. Il se pourrait même que ce prestidigitateur émérite soit à l'origine de la rencontre d'un fourmiller couvert de feuilles d'artichaut (plus connu sous le nom de pangolin) et d'une souris sans poil (aussi appelée chauve-souris). De leur accouplement serait né une bestiole à picots qui pourrit la vie de milliards d'Humains. C'est fou comme une banale rencontre peut générer comme conséquences. Une sorte d'effet papillon planétaire. Le soleil serait donc le fabuleux maître de ce jeu de dominos géant ?...

Bien sûr, je galège, et je disjoncte aussi. Les lignes ci-dessus n'ont d'autre intention que de faire sourire à propos d'une situation qui, au premier abord (même au deuxième, troisième, et davantage) prêterait plutôt à pleurer.

Donc, nous sommes mercredi. Rien n'a changé depuis le début de ce fulgure creux comme une coquille de noix. Je vous avais prévenus, parfois j'écris à propos de rien. Et aujourd'hui je fais coup double puisque je n'ai rien écrit d'intelligible. Disons que c'est un coup pour rien. Que ça ne compte pas...

Partie blanche. On recommence ?

Meuh non, Mimi, on ne refait jamais rien ! Pas même un fulgure. Et surtout pas sa vie. On la poursuit. Sans jamais revenir en arrière.

Sur ces paroles éclairées par mon pote solaire (grand manipulateur devant l'Éternel), je vous laisse. J'ai du taf... Euh, faut l'dire vite.

Je vais donc m'affairer à faire, défaire et refaire. Oui, surtout refaire...

De nuit

Pour une fois, j'écris le fulgure du jour, la nuit...

J'ignore pourquoi le sommeil a fui alors que la nuit n'avait pas encore fini son bonhomme de chemin. Il est des mystères inutiles à vouloir percer. On y perd son temps, son énergie et *tutti quanti* (non, je n'ai pas dit *Chianti* ni chantilly du reste... euh... vraiment fatiguée, là, Mimi).

Donc, je reprends. Le mystère des nuits interrompues... demeure un mystère. Quoi qu'on en dise. Quoi qu'il en coûte, pour coller à une expression très tendance. Je ne parle évidemment pas d'aspect financier. Mais de perte au niveau de la satisfaction. De la frustration, en somme.

Face à certains problèmes (dont celui des nuits en morceaux), situations (sans commentaires) ou interrogations plus existentielles, je peux m'arracher tous les cheveux (même si j'ai la chance d'en avoir beaucoup), je ne trouverai pas l'embryon d'une explication.

Dans ces cas-là, de guerre lasse, je me résous à vivre dans le flou de l'incertitude ; à admettre ; à accepter... Tous ces verbes que je me répète à tour de bras pour me convaincre que baisser les bras est la seule solution. Toutefois, la panoplie de conseils bienveillants que je m'évertue à enfiler autour de mon mental insatiable et insatisfait ne fait que renforcer mon sentiment d'impuissance face à l'adversité.

Alors je dis : grrr !!! Parce que c'est quand même bougrement agréable, seyant, satisfaisant... de savoir pourquoi les « choses de la vie » se passent comme ça plutôt que comme ci (comme si, aussi), non ?

Sur ces mots nocturnes, je vais tenter de me rendormir.
Vous avez remarqué ? Il y avait d'la rumba dans l'air cette nuit...

PS : Aucun rapport avec ces pensées de nuit interrompue, mais j'aime cette illustration de nos vies à *recoloriser*...

Dessine-moi un cygne

Sous les plumes majestueuses du cygne photographié par mon amie Debbie, au large de notre jolie ville (Cagnes sur Mer), le message est à peine voilé.

Sans commentaires. J'écris « sans ». Mais en réalité, il y en aurait beaucoup. Certainement trop. Alors, j'esquive mon ressenti par une pirouette. Très souple avec les mots, Mimi l'acrobate. Souple et couarde. Pfff !!!

Par analogie avec ce l'on appelle communément : langue de bois à l'oral, je dirais que je pratique la plume de bois...

D'ailleurs, pourquoi est-ce que j'écris le contraire (ou bien est-ce l'inverse ?) de ce que je veux réellement exprimer ?

Pourquoi est-ce que je me cache, plus souvent qu'à mon tour, sous la peau de mots légers et primesautiers plutôt que de décrire une réalité pesante que je n'ai probablement pas envie d'affronter ? Oui, pourquoi ?

Je l'ignore et j'imagine que vous n'avez pas la réponse. Comment l'auriez-vous et pourquoi la chercheriez-vous d'ailleurs ? Vous avez sans doute d'autres préoccupations que vous soucier des interrogations oiseuses d'une oisive, jongleuse de mots étiques.

D'autant que ce matin, le ciel est bougrement coquet avec son collier de nuages-perles aux délicats reflets d'ambre nacrée et que la luminosité est éclatante sous l'éventail de rayons déployés par le soleil généreux de ce dernier vendredi de janvier.

Aucun rapport avec le sujet du jour, mais parfois je me plais à dérouter la conversation pour éluder le poids des tracas. Une sorte de politique de l'autruche.

Cela dit, ou plutôt écrit, il est temps d'ôter mon costume de Petite Princesse circassienne de vous laisser, amis de plumes. Qu'elles soient d'autruche, d'oie, de moineau, de cygne, et même de bois...

PS : Vous l'aviez compris, bien sûr. En filigrane des plumes de ce superbe cygne, le message subliminal est : « *fais-moi un signe* ». Sans commentaires...

Photo Deborah Bolender

Un coup pour rien

Constat aimable, à l'amiable.

Autrefois, pour téléphoner il fallait des doigts agiles pour composer un numéro sur le cadran circulaire d'un antique téléphone filaire au look *dark-vadorien*.

Aujourd'hui, il suffit de cliquer sur l'écran tactile d'un smartphone au design rectangulaire hyper léché (le design, pas le téléphone). Et pourtant, c'est parfois difficile...

So what, me direz-vous ? Eh bien, rien. Ce n'est qu'un constat sur l'impact du temps, sur les bienfaits (et méfaits) du progrès ainsi que sur le ressenti d'une certaine normalité. Et aussi d'une implacable réalité.

Il est des jours comme ça. Des jours où *ça se passe rien*. Et c'est très bien ainsi. Manifestement, ce samedi malin, pas bien malin, fait partie de cette catégorie-là.

D'ailleurs, vous voyez bien :

Que je n'ai rien à dire ; rien à écrire ; rien à raconter. Du moins rien d'intéressant.

Qu'au travers de mes mots tout mous se dessinent les pointillés d'une nuit morcelée à souhait.

Qu'en filigrane de mes phrases creuses, se révèlent des pensées flasques qui résonnent sans raison, sans substance, sans ressort.

Qu'entre les lignes de ce texte dénué de sens et dépourvu de peps se devine le vide qui emplit ma vie à l'envi.

Je pourrais continuer encore et encore (comme dit le chanteur à l'accent chantant, justement), mais je m'épuiserais et vous vous lasseriez. Je vous épargne donc la suite de ce lamentable *lamento et* cesse ce pianotage stérile. Ma logorrhée garrottée, je m'empresse de classer illico ce texte idiot dans la case des *fulgur'à rien*. Case qui menace de déborder au vu des exemplaires, pas piqués des hannetons, qui y séjournent déjà.

Souhaitons que cette baisse de tonus ne soit que temporaire (de toute façon, tout l'est... y compris notre bref passage sur Terre) et que l'inspiration refasse surface, dès demain, afin que mes mots s'agencent harmonieusement en douce confiture et non en amère marmelade *déconfiturée*. Me sens déconfite et confuse.

Je vous embrasse. Pardonnez ma proposition de prose rachitique.

PS 1 : Téléphonez-moi... et dites-moi que vous m'aimez. Sur l'air d'une vieille chanson interprétée par Nicole Croisille[14].

PS 2 : Ce fulgure porte bien son titre, puisqu'après l'avoir écrit, j'ai voulu l'envoyer et le contenu s'est volatilisé... Grrr !!! Il a fallu tout retaper. Re-grrr !!! L'original était sans doute un poil différent. Tant pis.

---

[14] « Téléphone-moi » : https://www.youtube.com/watch?v=HC8PQirSdXA

Coup de *plume-mots*

Ménage magique.

Un petit coup de *plume-à-mots* (accessoire plus connu sous l'appellation : *plume-mots*), et hop, telle Samantha, l'adorable sorcière bien-aimée de notre jeunesse, qui remuait gracieusement son nez délicat afin que le surnaturel agisse, j'agite mes phalanges sur le clavier.

J'évite toutefois de cliquer sur les touches en claquant dans mes doigts, à l'instar de Joséphine, notre ange qui façonne ainsi des miracles. Mes mots jailliraient peut-être chaussés de claquettes guillerettes, mais ils s'essouffleraient sûrement à danser sur un tempo *troppo allegro fortissimo.* En effet, par mimétisme (vu que je suis vite épuisée, surtout depuis qu'une fibrose squatte les alvéoles de mon épuisette à air), mes mots finiraient par s'écrouler dans un coin de l'écran.

Alors, pour les ménager et aussi pour tenir compte du fait que ma musette à inspiration n'est pas extensible à l'infini, je préfère caresser calmement les touches du clavier. Ainsi les mots apparaissent-ils suivant un rythme modéré. En bon ordre. Bien rangés. Sans trop de coquilles. Il arrive toutefois, dans des moments d'égarement, que le corset se détende, que le lest se lâche et que les mots coquins, rebelles, facétieux et déjantés, sortent en ordre dispersé... pour danser la java, cette fois !

Mais revenons au sujet du jour qui se voulait ménager. En effet, je pensais sortir ma chamoisine à mots pour chasser la poussière poisseuse de l'ambiance délétère qui colle à notre quotidien terni, éliminer les tracas de tous ordres (*out* les intrus, les pervers et les empêcheurs de tourner en carré qui pourrissent nos jours et nos nuits) et redonner de l'éclat au vernis de la vie. Et pas qu'au vernis, du reste.

Elle est pas belle la vie, les amis ?

Mais encore une fois, les mots n'en ont fait qu'à leur tête. Un peu comme moi qui n'en fait qu'à mon cœur...

Pour fêter ce dimanche, je vous offre un petit coup de *plume-mot* en guise d'apéro ? Sur ce, je file, je suis pressée et en retard, comme le lapin d'Alice.

Nuage-plume... Photo Deborah Bolender

Et hop, voici la plume venue du ciel !

Février, c'est aussi...

Fèves, riez ! Juste pour inciter feues les fèves des galettes royales de janvier à se dé(b)rider.

Nous voici rendus au premier jour de février. Mois que je n'aime guère. Juste parce que c'est tentant, et aussi parce que je le ressens, j'aurais pu écrire : « *moi, que je n'aime guère* ». Une seule lettre et une minuscule virgule font toute la différence. Notre langue française est si mélodieuse, si complexe, et si subtile ! En l'occurrence, les deux assertions recouvrent une part de vérité. Le tout est d'évaluer la taille de la part. Mais ceci est un autre débat. D'autant que l'adverbe « guère » a aussi sa part (décidément !) d'imprécision. Comme tout bon adverbe, par essence qualitatif (subjectif), et non quantitatif (objectif).

Mais revenons à nos moutons, c'est à dire à février. Mois atypique qui ne compte que 28 jours et 28 nuits (ou 29, selon la *bissextilité*) et qui a la mauvaise réputation d'être la période la plus froide de l'année. Mais...

Février, c'est aussi le mois des vacances d'hiver. En d'autres temps, les stations de ski faisaient le plein. Cette année, seule la neige affiche complet. Allez donc enguirlander cet imbécile de virus couronné de picots variants qui coince les câbles et les machineries des remontées mécaniques.

Février, c'est aussi le mois des carnavals. Mais cette année (sus au virus !), les carnavaleux ne feront pas vraiment la fête. Les corsos ne résumeront à des portions congrues. On ne brûlera pas le char du roi de carton-pâte niçois ; on ne défilera pas costumés et mystérieusement masqués dans les rues de Venise ; on ne dansera pas la samba à Rio ; on ne jettera pas de harengs sur la place de la mairie de Dunkerque. Et j'en oublie, bien sûr...

Février, c'est aussi le mois des fêtes.

– Le 2, la Chandeleur fera sauter des crêpes pour gourmands et gourmets.

– Le 14, Valentins et Valentines se prendront par le bout du cœur pour s'embrasser et se câliner à volonté.

– Le 16, mardi sera grassouillet.

– Le 17, mercredi sera cendré.

Et là aussi, j'en oublie sûrement.

Alors pourquoi est-ce que je n'aime guère ce mois-là ? Simplement, parce qu'il est à jamais gravé d'un sceau de tristesse. Le dimanche 8 février 1998, ma Maman a choisi de tirer sa révérence au petit matin. Ce jour-là, nous devions fêter en famille les 85 ans de mon Papa...

Je vous laisse, mes amis. Bon vent à février 2021 !

Chandeleur

Chandeleur, chant de l'heure (vive les coucous suisses !),
champ de leurres (métaphore lucide de la vie et de certains
sentiments illusoires). OK. J'arrête mes déclinaisons délirantes.

Autrefois, la Chandeleur était Chandeleuse (*festa*
candelarum). Lors de cette fête des chandelles, célébrée
exactement quarante jours après Noël, les cierges étaient bénis...

Alors, pourquoi fait-on sauter des crêpes ce jour-là
précisément ? Mystère de sucre et boule de pâte à tartiner.

En fait, mon pote « *Le-Net* » explique qu'à l'époque (sans
préciser laquelle, sans doute quelques décennies (siècles ?) après
la naissance de l'enfant Jésus), la Chandeleur faisant référence à
la fertilité de la terre, les paysans cuisinaient des crêpes avec la
farine excédentaire de l'année précédente. La forme ronde et la
couleur dorée de la crêpe symbolisant la lumière, le soleil et le
retour des beaux jours... Il faudra nous en contenter.

La tradition se perpétue. Et aujourd'hui, mardi 2 février, je
vous invite à vous pencher sur vos pianos-fourneaux, mes amis !
Un noisette de matière grasse, un peu de pâte à crêpes (préparée
avec amour, comme le gâteau de Peau d'Âne) au cœur de la poêle,
un Louis d'or au creux de votre main gauche (pour que la richesse
et la santé abondent), faites dorer et sauter les crêpes. Seul(e) ou
en famille. Faites-vous plaisir.

Régalez-vous en saupoudrant vos créations de sucre ou en
les nappant de confiture, miel, caramel, chocolat, *Nutella*, fruits
(pomme, orange, banane, framboises, myrtilles), glace vanille,

crème chantilly, amandes effilées, rhum ambré flambé, etc. À chacun(e) ses préférences, et ses goûts. Profitons-en, puisqu'il nous reste encore cette liberté-là...

Pour ma part, ce sera sûrement crêpes à la confiture d'abricots ou d'oranges avec quelques éclats de chocolat et de noix de pécan. J'aurais bien aimé les savourer garnies de crème de marrons ou de pâte à tartiner aux noisettes, mais je n'en ai pas (plus) dans mon placard... Et vous ?

Sitôt le fulgure lu, décorez vite le crépi de vos murs de guirlandes de crépon et sans attendre le crépuscule, enfilez vos beaux habits en crêpe de soie. Puis, en buvant un délicieux créponné (boisson granitée à base de citron givré), faites sauter les crêpes pour que cette fête des chandelles illumine votre cœur et votre âme...

PS : Pour celles et ceux qui préfèrent le salé au sucré, les ingrédients se bousculent sûrement au portillon de votre réfrigérateur. Quant aux fans absolus, n'hésitez pas à composer un repas incluant salé ET sucré, voire sucré-salé.

En « *coli-mollasson* »

Il est des jours où par mimétisme, les mots sont ramollos.

Au programme de ce mercredi : fatigue filante et flemme en *guest star*.

Ce matin, je n'ai même pas assez d'énergie pour aligner trois phrases et demi qui tiennent la route. Me sens vide et vidée. J'aurais aimé organiser une *fulgure-party* où les mots se seraient trémoussés sur un rythme tonique un peu fou. Vos pupilles auraient alors pétillé en dansant sur le tempo *pepsillant* d'un medley de samba, salsa, zumba, rumba, cucaracha, *et cætera...*

Mais le ciel grisâtre ne m'encourage pas à émerger de mon nid de plumes. Ma couette est trop *cocoonette*. Et les mots-oiseaux ont du mal à décoller.

Engluée dans une espèce de mélasse vaseuse, ma plume-clavier ne gazouille pas.

Reflets de mon apathie, l'inspiration est toute ensommeillée. C'est amusant, à une lettre (en fait, deux) près, elle serait ensoleillée. Sacrée langue française, subtile, surprenante et capricieuse à la fois !

C'est mou, tout ça, Mimi. Mou et mauve à la fois. Résultat, le fulgure du jour a l'allure d'une guimauve... Vous m'en voyez désolée, les amis.

Même si cela ne transparaît pas au travers de ce texte étique, rachitique, squelettique, anorexique, aboulique, asthénique, bref : *raplaplatique*, tout va pour le mieux dans les meilleurs des mondes possibles...

Aujourd'hui, je me sens un chouïa aux fraises avec mon esprit d'escalier en « *coli-mollasson* ».

Mesclun

« Ma tête est malade, j'ai mangé trop d'salade... ».
Ceci est une libre adaptation du poème de Jean Tardieu qui
figure en fin de fulgure.
Merci à Debbie pour l'accroche de ce texte à la saveur
aigrelette d'une salade vinaigrette.

Aujourd'hui, mon texte a un look de bimbo écervelée tant mes pensées sans ressort sont creuses, incohérentes, et même pas sexy. Ce fulgure aussi court que l'étoffe d'une mini-jupe au ras de la bienséance, est à la limite de l'indécence. Je devrais être honteuse de vous proposer des mots désarticulés aussi peu couverts de sens. Mais je n'en ferais rien.

À ma décharge, ma tête est épuisée par le yoyo infernal qui oscille non-stop entre mes neurones, passant d'une pensée à une autre, d'une réflexion à une autre, d'une décision à son opposée... J'ai parfois l'impression que mon cerveau est le siège d'un Luna-Park aux allures de Foire du trône avec *open-bar-all-inclusive* sur l'ensemble des manèges, grandes roues, montagnes russes et grands-huit compris. Grrr, grrr et re-grrr !!!
Ce tournis de pensées chaotiques me met KO.

Dans les choux de mes pensées, je vous laisse, les amis. Demain sera un autre jour. C'est sûr. Sûr et souhaitable...

<u>Conversation</u>

Comment ça va sur la terre ?
- Ça va, ça va bien.
Les petits chiens sont-ils prospères ?
- Mon dieu oui merci bien.
Et les nuages ?
- Ça flotte.
Et les volcans ?
- Ça mijote.
Et les fleuves ?
- Ça s'écoule.
Et le temps ?
- Ça se déroule.
Et votre âme ?
- Elle est malade
Le printemps était trop vert
Elle a mangé trop de salade.

Jean Tardieu

Tic-tac, tic-tac... et toc

Au diapason du ciel dont je distingue l'éclatante luminosité en filigrane de la pellicule de nuages aux nuances neigeuses qui le voile, mes pensées sont bleu clair ce matin. Et mes intentions sont claires aussi.

Hier soir, une courte conversation avec Rysette (mon amie de Bretagne dont je vous ai déjà parlé) a remis les pendules à l'heure. Il était devenu urgent de réparer mon horloge interne aux allures de girouette affolée.

Ces derniers temps, au gré de réflexions brouillons et cycliques (allez, je lâche le mot : obsessionnelles) je n'arrêtais pas d'avancer, de reculer, puis de réavancer avant de re-reculer... Les oscillations erratiques du yoyo danseur de cha-cha-cha endiablé qui squattait ma tête commençaient sérieusement à me fatiguer, et même à m'inquiéter au sujet d'une intégrité mentale vacillante.

Dans le temps, une pub vantant feue France Telecom disait : « *le bonheur, c'est simple comme un coup de fil* », et « *ça, c'est vrai ça...* », comme l'affirmait la Mère Denis dans une autre pub...

Pour revenir au sujet du jour, au cours de ce coup de fil tardif, Maryse m'a suggéré une idée qui m'a séduite parce que sa mise en œuvre sera sans nul doute réparatrice. Je vous en parlerai plus précisément lorsque cette idée, désormais projection, sera devenue réalité et qu'elle roulera suffisamment bien sur ses rails pour arriver à bon port. Même si cela risque de prendre « un certain temps », comme aurait dit Fernand Raynaud, ce n'est pas grave, j'ai tout mon temps...

Sur cette perspective, je vous souhaite un agréable vendredi et vous envoie tout plein de bises. À bientôt, mes amis !

PS : Je suis heureuse d'être *on the road again.*

Ciel de sable

La luminosité est singulière ce matin. Le ciel est tout bizarre. Il semble endormi, comme un gros chat fainéant, ronronnant au cœur d'un coussin de nuages aux tons ocre-jaune-orangés.

Ce samedi semble tourner à la fois au ralenti et en accéléré. Le temps est passé à mon insu. La matinée a filé et je n'ai presque rien fait. Il serait peut-être temps que je me bouge si je veux aller jouer à la pétanque cet après-midi.

Parce que c'est bien beau d'écrire, écrire, écrire et encore écrire (hyper originale, Mimi, ce matin !), mais cela ne suffit pas. Il me faut vivre en vrai, et pas seulement calée bien au chaud, au creux de mes mots aux repères rassurants.

Vous êtes sûrement d'accord avec moi. Vous qui lisez mes *fulgurescences*[15] hivernales avec patience et bienveillance. Du moins, je j'espère et le pense. Non ?

C'est tout pour aujourd'hui, mes amis. Je vous embrasse. Le temps de mettre le mode turbo, je passe à la vitesse supérieure.

PS : Les étranges nuances ocrées du ciel de ce samedi, seraient liées à des résidus de sable provenant d'un fort vent soufflant sur le Sahara... J'imagine la tête de ceux qui s'acharnent à fermer les frontières terrestres pour bloquer les phénomènes naturels. Ha, ha, ha ! Ça doit bien énerver ces hurluberlus de voir du sable de « là-bas » migrer dans « notre » ciel.

---

[15] En référence au titre de ce recueil.

Vu de mon jardin, le superbe mimosa du voisin
sous le ciel un brin hépatique...

Envol *dominicalme*

La poussière sépia s'est envolée du ciel. S'envoler du ciel ?
Voilà qui n'est pas banal. Généralement « on » s'envole dans le
ciel, pas du ciel... et on vole plus qu'on ne s'envole, non ?

D'ailleurs, ce « on » est bien prétentieux. Parce que hormis
certaines espèces pourvues d'ailes en plumes (exemples : oiseau,
insecte... et certains auteurs à l'imaginaire débordant) ou à l'aide
de machines volantes créées (mazette, trois « e » pour un seul mot,
c'est riche !) par des Humains doués, eux aussi, d'une imagination
débordante (exemples : avion, fusée, parachute, aile delta,
machine à remonter le temps, tapis volant, etc.), à ma
connaissance, nul ne peut s'envoler ni voler. Comme ça, juste
d'un claquement de doigts. Sauf peut-être Joséphine, l'ange
gardien de TF1. Mais c'est truqué. Enfin, je crois...

Bref, pour revenir au ciel au cœur duquel se croisent vols et
envols, ce matin, de grosses larmes de pluie gouttent à travers
l'édredon de nuages perlés et pommelés qui le tapisse. Nous voilà
donc embarqués pour un long dimanche de pluie.

Allez, haut-les-cœurs, les amis ! Profitons-en pour lever le
pied et décoller de nos sabots routiniers...
Passez une belle journée. Moi, je vais traverser ce dimanche
en mode avion, voire fusée.

PS : Questions subsidiaires :

    – Où vont les âmes quand on les imagine monter au ciel ?

    – S'envolent-elles vers l'au-delà ?

    – Mais l'au-delà, c'est où ? Dans le ciel ou au-dessus ?

    – Qu'y a-t-il au-dessus du ciel ? Des nuages transparents emplis de gouttes d'âme ?

    – Et qu'est-ce qu'on mange ce soir ? En clin d'œil à une pub qui circule actuellement.

Bonne nuit, les petits *djeuns*...

Fulgurescence de nuit à siroter sans fulguration.

Hier soir, cet étourdi de Sablou s'est encore trompé dans la dose de grains de sommeil à saupoudrer au-dessus de mon lit. Résultat : je me suis réveillée au cœur de la nuit. Remarquez, ça me donne l'occasion d'écrire. Mais quand même, ça m'énerve ! D'autant que cette mésaventure m'arrive plus souvent qu'à mon tour.

Ohé du bateau ! Oui, vous, Monsieur le marchand de sable patenté ! Faudrait voir à faire une cure de vitamines pour la concentration et la mémoire. Ou mieux, prendre soin de vous. Vous n'avez jamais envisagé d'entrer (meuh non, pas au couvent !) en thérapie ? Je ne saurais trop vous conseiller de consulter Philippe, le psychanalyste de l'excellente série actuellement diffusée par Arte.
Vous voyez bien que faire l'autruche, perché sur votre nuage de plume n'est pas une solution. Cela vous fait perdre pied avec toute réalité, pose problème à ceux qui comptent sur vous, et inquiète (sûrement) ceux pour qui vous comptez. Alors, de grâce, agissez, mon bonhomme !

Sur ce, je vais tâcher de me rendormir. Il serait temps. Ce n'est plus trop de mon âge de danser ainsi, jusqu'au petit matin. Même si mon lit fait office de *dance floor* et que mon cavalier, certes tactile, n'est que l'écran plat de ma tablette. D'ailleurs, je suis fatiguée d'avoir tant ondulé au rythme de la folle farandole de mes mots hors sol. Cette java aux allures de valse-polka m'a donné le tournis.

Bouh, j'ai encore déjanté grave, cette nuit !
En fait, je dois avoir un grain... de sable coincé quelque part dans le cerveau. Juste entre l'hypophyse et l'hypothalamus. Du coup, l'hippopotame ouvre un large bec... Mais qu'est-ce que je raconte ? Vous voyez bien que la machine à penser yoyotte sévère et qu'il y a forcément un grain qui grippe un des engrenages. Résultat : la voix s'enroue, pardon la voie s'enraye et train déraille. C'est fou les ratés qu'un grain de sable peut provoquer !

Peut-être devrais-je demander à Sablou de réduire la dose plutôt que l'augmenter ? Et tant pis si je dors encore moins bien. Au passage, j'en profiterai pour lui proposer de l'accompagner chez le thérapeute de la série sus-citée. Cela me ferait sans doute du bien de consulter. Vous en pensez quoi, vous ?

Allez, cette fois, c'est la bonne !
Dans ma robe rose de Pimprenelle en veille paradoxale, j'éteins la lumière et zou, dodo !

Jour impair et passe, juste un peu à la masse...

Il est des jours où l'inspiration fait la moue. Même la molle. Voire la mollasse.

Ce matin, tapie dans un coin, la diva encapuchonnée de sa grosse tête (période carnavalesque oblige) de divine gredine, ne daigne pas agiter la moindre frange de mon tapis volant, désespérément scotché sur le tarmac d'un quotidien... très quotidien. En clair, la capricieuse me fait la gueule. Oh, Mimi, comme tu es grossière, parfois ! Pour réintégrer le corset d'une prose *mieuxséante* (contraction *néologistique* de plus-bienséante), disons qu'elle boude. Par effet miroir, mes mots à la (ra-)masse perdent la face et grimacent sans grâce tels de grasses limaces fadasses et lasses (hélas !) qui traînassent dans une mélasse brouillasse...

À peine la plume atone ronronne-t-elle quelques mots secs et affadis par l'ennui.

Cela dit, et écrit, tout va bien. Disons que « *tout va pour le mieux, dans le meilleur des mondes possibles* » pour reprendre les mots de François-Marie, alias Voltaire.

Aujourd'hui, je n'ai simplement pas d'élan ni d'allant pour écrire tout un fulgure. Même si un fulgure n'est pas très gourmand dans son moule réduit à 1500 caractères.

À ce propos, je dois reconnaître m'être montrée très laxiste sur cette règle. La plupart des textes figurant dans ce recueil sont sans doute hors des clous, car je n'ai pas vraiment vérifié. Et de vous à moi, je m'en fous un peu. À l'instar de certains cuisiniers qui intègrent les ingrédients à l'instinct, je pose mes mots sans les peser. À *vista de nase,* comme on dit dans le Sud-Ouest. Ou bien est-ce dans le Sud-Est ? Bref, dans le Sud.

J'écris à la volée, en suivant l'intuition et l'envie du moment. Sans me préoccuper du radar à caractères qui pourrait me flasher pour excès d'espaces et de caractères autorisés. *Fuck* aux contraventions abusives !

Décidément très classe, aujourd'hui, Mimi la rebelle !

Ne m'en veuillez pas pour cette nouvelle dérive. Mes récentes baskets mentales sont pourvues de semelles superclasse qui me donnent des ailes. Du coup, je respire en toute liberté et mes mots respirent tout leur soûl.

Belle journée à vous. Je vous enlace dans mes mots.

J-4

« L'amour, l'amour, l'amour... », Marcel Mouloudji [16].
« Little something... », Sting et Mélodie Gardot [17].

Le point commun entre ces chansons ? L'amour, bien sûr !
Ce foutu amour qui fait tourner les têtes, la Planète, et surtout les cœurs.

Je vous fais grâce du fait que février est considéré (*business* de St Valentin oblige) comme le mois de l'amour...

Si l'on parle du « vrai » Amour (pour le différencier du faux, à l'image des édulcorants qui se prennent pour du sucre, ou du Canada Dry qui a tout de l'alcool sans en être), ce dernier sent bon le sable chaud et colore la vie en rose. Certains l'ont tellement dans la peau qu'ils n'hésitent pas à s'en faire tatouer un symbole (au hasard un cœur avec un prénom). Peut-être pour prouver qu'on a raison de faire rimer depuis la nuit des temps ce sentiment à l'auguste initiale avec l'adverbe « toujours ».

Mais moi, je dis stop à ces billevesées qui ne sont que foutaise et foutage de gueule. Tiens voici revenue, Mimi en mode harpie !

Parce que si Amour rime richement avec humour, désamour et même Zemmour (pas très glamour celui-ci), il rime aussi (plus pauvrement) avec : boulgour, topinambour, yogourt et petit-four.

---

[16] « L'amour, l'amour... » : https://www.youtube.com/watch?v=Y7l_jauwqhA
[17] *« Little something »* : https://www.youtube.com/watch?v=Ohi7AR_Xc_w

D'ailleurs, en associant ces quatre éléments-là, vous composerez un dîner de St Valentin fort original. Et si d'aventure, vous estimez que ce menu (de rêve) n'est pas assez séduisant ou sexy pour ravir le cœur de votre bien-aimé(e), vous pourrez toujours appeler au secours un troubadour de Beaubourg, qui, s'il n'est pas trop gourd ni balourd, jouera du tambour en jonglant avec des calembours...

Voilà. Il vous reste maintenant quatre jours pour peaufiner les détails d'une soirée qui sera, à coup sûr, inoubliable. Avis aux amateurs !

On lance le compte à rebours ?

Je vous aime aussi...

PS : Pour ma part, question St Valentin, *I am a little bit out of the reality, or maybe too close(d)* ?

Pour du beurre

Sans objet ni intérêt, ce texte ne conte rien et ne compte pas. Même pas pour du beurre.

Quelques mots juste parce que je tiens à honorer mon engagement de produire un fulgure chaque jour. À l'instar du (de la) pieux(-se) qui prie Dieu le Père, boulanger à ses heures perdues, afin d'obtenir son pain quotidien, je supplie mon clavier qui a botté en touche(s) de reprendre ses délicats cliquetis. Ce serait sympa de la part de cet orfèvre en matière de caractères (qu'ils soient bons ou mauvais) de produire une procession de mots à suivre dévotement. Sans doute est-ce trop demander ?

Cette journée fut si éprouvante, fatigante, déstabilisante, contrariante, chiatique et chaotique que je vais m'empresser de la zapper de mon calendrier personnel.

Bonne nuit. À demain. *Maybe.*

PS : Ce soir, j'ai la vague impression de compter pour du beurre, sans épinards. Pour couronner le tout, en guise de cerise pourrie sur le gâteau moisi, j'ai mal aux dents et dedans.

Remonte-pente

Ce matin, je prends de l'avance et les devants...

Dès potron-minet (expression imagée et désuète dont l'usage se perd, dommage !), j'enfourche la selle de mon clavier pour pédaler, non pas dans la semoule d'états d'âme *choucrouteux* (suivez mon regard dans le rétroviseur moucheté d'empreintes beurrées de la veille), mais à l'assaut d'une nouvelle journée.

À cette heure matinale, j'ignore encore ce que réserve ce vendredi. Je ne peux que le souhaiter zen et exempt de contrariétés. Oui, surtout dénué d'événements irritants.

Vous savez ces petites « choses de la vie », apparemment anodines et quasi insignifiantes qui jaillissent de façon impromptue et inopportune.

Mais oui, vous savez bien ! Ces « choses » qui s'empilent dans l'éprouvette du quotidien. Un quotidien qui s'érode peu à peu. Imperceptiblement. Insidieusement. Inéluctablement.

Puis, un jour, sans même prévenir ni lancer une alerte dans le style d'une impossible série d'espionnage : « *cette éprouvette s'autodétruira dans les cinq secondes...* », boum, tout vole en éclats ! La vie semble alors cruelle, nulle et sans intérêt. Fade comme un jour sans pain ni beurre.

Vous voyez maintenant ? On vit tous, ces petites choses-là. Un jour ou l'autre.

Donc, aujourd'hui, j'enfourche mon vélo mental et je pédale en regardant droit devant... sans même un coup d'œil dans l'angle mort du rétroviseur.

Vous me suivez ? Vous préférez faire l'ascension de ce vendredi par la face nord ou la sud ? Perso, j'opterais bien pour celle au sud. Sans perdre le nord pour autant.

Belle journée à vous. Olé cœurs, les amis !

Mimi (sur la bonne pente ?)

PS : Pour les curieux linguistes dont vous êtes sûrement, sachez que le mot « potron » est un dérivé de « *poistron* » qui signifiait : derrière. Le mot jacquet qui composait l'expression initiale, désignait un écureuil. Dès potron-minet (et non pochtron, poltron proton ou potiron) signifie donc : lorsque l'écureuil se lève et montre son postérieur. C'est à dire : de très bonne heure.

... Non ?

Revoici le ciel empli de nuages gris prêts à libérer la pluie. Hem, pas glop pour ce samedi qui s'annonce rabougri ! Non ?

La luminosité maussade n'entame en rien l'humeur des oiseaux qui trillent à qui mieux-mieux dans le jardin frémissant sous les gouttes d'eau.

À travers leur chant que j'entends et écoute du creux de mon lit-cocon, je perçois le message que transmet l'Univers. Oui, rien ne vaut la vie, les amis. Même si les jours sont parfois rudes et semblent sans intérêt, la vie nous porte, nous emporte... Non ?

Mais, qu'est-ce qui m'arrive ? Je suis bien lyrique, ce matin. Limite pathétique dans ce registre emphatique qui me sied comme une robe de dentelle de Calais à une vache de Cambrai. Il y a des vaches là-bas ? Enfin, plutôt là-haut. Puisque la ville aux délicieuses bêtises mentholées se trouve dans le Nord. Non ?

Quelle que soit la situation (vache ou pas, robe ou pas...), je me préfère dans un registre plus fun. Peut-être même délirant. Parce qu'au fond, à l'image de la vision du bonheur de Romain Gary qui affirmait à juste titre :

> *« Il ne faut pas avoir peur du bonheur.*
> *C'est seulement un bon moment à passer. »*

la Vie, qui est aussi un court fleuve tranquille de Vendée, est seulement un moment (plus ou moins long et plus ou moins bon) à passer. Inutile d'en avoir peur, puisque tout finit par passer.

This too, shall pass. Non ?

Sur cette réflexion mi-fugue, mi-raison, je vous laisse. Je vais glisser sur le toboggan reliant l'univers fantasque que je crée et rêve à travers mes mots parfois sans queue ni tête, à ma « vraie » vie. C'est ça, la réalité réelle. <u>Non ?</u>

Je fais vraiment de la philosophie de bazar, ce matin. <u>Non ?</u>

PS 1 : Le plus drôle de cette tirade aussi sotte que grenue, est que je n'aurai aucune réponse à toutes mes questions. Non ? Non ? Non ?... Vous voyez bien que j'ai raison. <u>Non ?</u>
PS 2 : *Last but not least* : tous les « Non ? » auraient être remplacés par des « N'est-ce pas ? » <u>Non ?</u>

♫ *C'est la fête, la fée-teuuu...* ♫

En tête de gondole, Fugain et son Big Bazar font la fête[18].

C'est certes anodin, anecdotique et sans aucun intérêt, mais grâce à une vaguelette rouge de *Word*, j'ai appris que le mot : « entête », qui s'orthographie aussi « en-tête », est du genre masculin... Quel choc ! Cette révélation m'a abasourdie. J'en suis restée comme deux ronds de flanelle incongrûment cousus sur un jean déchiré.

Sachant que « tête » est du genre féminin, (évidemment !), il me semblait aller de soi qu'« entête » l'était également. La langue française étant jonchée de chausse-trapes, on passe vite à la trappe, surtout à Trappes actuellement. Mais ceci est une autre histoire.

Pour revenir à cet en-tête trompeur, il m'a tout de même fallu plus de six décennies et demi pour sortir de l'ornière ma certitude. C'est inimaginable ! C'est bien la peine de m'entêter à répéter qu'en tête du peloton des bizarreries de genre, « anagramme » est féminin, et « apogée, armistice... » masculins. Je préfère glisser sur « amour, délice et orgue » qui mutent de genre selon qu'ils seuls ou plusieurs. Il est des sujets à éviter. Surtout aujourd'hui...

Parce que ce dimanche est censé fêter Valentins et Valentines. Grrr !!!

---

[18] « C'est la fête » : youtube.com/watch?v=sxejmXQeKjw

Mais que fait-on quand on n'a pas d'amoureux(se) ? Et que l'amour, ce virus Janus variant du mâle singulier à la femme plurielle, refuse de vous contaminer ? On enlève le masque ? On attend patiemment que ça passe en se bouchant les yeux, les oreilles et le nez ?

J'ai mieux à vous proposer. Si on fêtait les « *amireux* » ? Ça vous tente ?

Belle fête à vous, mes amis ! Je vous envoie une brassée de bises *amireuses* et ensoleillées. Je vous aime.

PS : ♪« *Laisse les gondoles à Venise, la, la, la, la, la, la...* »♪ Surtout que les masques n'ont rien de glamour cette année.

La musique des mots

Après le genre des mots et leur sens parfois insensé, aujourd'hui j'avais envie de jouer sur leur(s) sonorité(s). C'était sans compter sur mon inconscient entêté et farceur qui m'a conduite vers une toute autre voie.

Ce matin, je projetais effectivement d'évoquer ma manie et surtout plaisir, jubilation indicible, limite jouissance, de jouer avec (et sur) la musicalité des mots.

Parce que telle un apprentie-musicienne disposant d'un florilège d'outils de solfège : partitions, clés (fa et sol), tonalités (bécarre, dièse, bémol), rythmes en « o » (*piano, allegro, fortissimo, et cætero*), notes (rondes, blanches, noires, croches (simples, doubles, triples...)), et d'une once d'inspiration pour composer harmonieusement, je me plais à assembler les mots afin de façonner des histoires plus ou moins mélodieuses.

Ainsi, quand mes doigts pianotent les touches du clavier, j'entends les mots se créer dans ma tête. Puis, au rythme des cliquetis, je les vois se dessiner sur l'écran. Presque à mon insu.

Quand l'inspiration souffle au point de dégrafer le corset de la réalité et de libérer les vannes de l'imaginaire, je me laisse porter sur la partition. C'est l'instant béni où écrire devient source de plaisir. L'instant où les mots jouent, dansent, s'associent, s'enroulent, s'envolent, s'enrobent, se dénudent, se (et me) révèlent, se dépiautent, se détournent, se détourent... Il arrive qu'ils tentent de rimer. Mais, ce ne sont que de pseudo rimes.

Il est vrai que je ne suis pas poète (ni pouët-pouët !).

D'ailleurs, après réflexion et considération objective, je n'ai rien d'une musicienne non plus. Je suis seulement une banale « *jongleuse-modeleuse-de-mots* » qui ne sait pas (ne veut pas ?) jouer dans la cour des grands.

De toute façon, dans ma tête et mon cœur, je suis toujours petite. Je suis restée Pradoline, la fillette facétieuse et attachante des années 60 qui écrivait à *Motus*, son fidèle journal à qui elle confiait ses questions, ses réflexions d'enfant, et déjà ses états d'âme.

Sur ce, bon lundi au soleil, les amis. Le ciel est si lumineux ce matin !

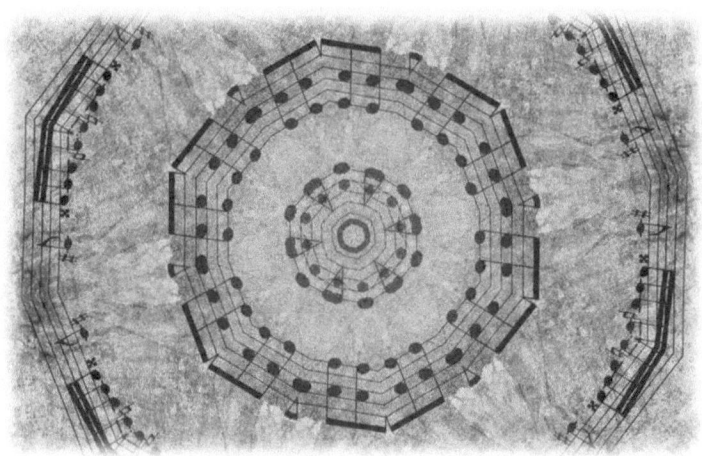

PS : Si j'avais été musicienne-*compositeuse*, mon registre n'aurait sûrement pas été symphonique (ou alors en format court et inachevé), mais plutôt *bluettique*. Et toc !

Le sac à souvenirs

Présent précieux d'un passé pas si simple.

Cela fait quelque temps que je voulais écrire à propos de mon petit sac tambourin qu'Alice-Pradoline évoquait ainsi : « *Bien au chaud dans mon manteau de laine cerise, je trottine … Agrippée à la bandoulière du minuscule sac tambourin où s'entassent mes images et mes bons points, je tente d'oublier la douleur de l'inexplicable fracture de ma toute petite vie.* »[19]

Voici ce sac de fillette → que mon frère Paul m'avait offert en septembre 1960, en revenant de Rome où il était allé assister aux Jeux Olympiques d'été. Cela fait plus de soixante ans...

Ce précieux souvenir m'a suivie dans mes déménagements successifs, car il a une valeur affective inestimable à mes yeux et mon cœur.

Longtemps, les appellations à l'italienne des villes de la Péninsule bottée m'ont fait rêver. Fillette, je m'imaginais au bras d'un Prince charmant et chantant, visiter *Torino, Genova, Firenze, Venezia, Roma, Napoli...* Certains rêves sont devenus réalité. D'autres pas.

---

[19] Extrait du roman : « *Alice - Couleurs d'enfance* » (Passion du livre, 2018).

Quand le spleen me cueille, entre la poire et le fromage d'une journée moulée d'ennui, je traverse le sas qui sépare ma réalité du pays de mon enfance.

La plupart du temps, les ailes de l'avion d'Air-Nostalgie me transportent vers ce jardin d'enfants où Maman pousse la balançoire de métal qui me berce. Au rythme de sa voix et des oscillations, je rêve. Je me sens si bien dans mon petit manteau rouge au col de peluche couleur caramel brûlé qui tient ma gorge au chaud. Cerise sur le gâteau rêveur : la douceur (pain au chocolat ou navette à la fleur d'oranger) que je grignote lentement, en savourant chaque miette[20].

Aujourd'hui, je me revois marcher dans ce même square. Je passe près de **MA** balançoire en faisant fièrement tournoyer autour du poignet la bandoulière de mon joli sac tambourin tout neuf. Je mâche du chewing-gum. Le soleil me fait grimacer. De façon générale, je souris peu. Pourquoi ? Je l'ignore. Ma nature sûrement. Ou bien autre « chose » (vue, entendue, sentie), enfouie par mon inconscient depuis.

Moi qui répète à l'envi n'avoir aucun souvenir d'Algérie. C'en est un. Le seul peut-être.

Mon frère Jacky a sûrement gardé une copie du film où figure cette scène. Car je ne l'ai pas inventée. Du mois, je crois. Non, en fait, j'en suis certaine. Enfin quasiment.

Dur, dur, la versatile incertitude d'une *gémeaute* ascendant : imaginaire à débordement !

---

[20] Scène déjà évoquée dans le fulgure : <u>Photos-nostalgie</u> (page 85)

Aujourd'hui, le minuscule tambourin est une des décorations du grand sac-valise de cuir du salon au creux duquel s'entasse un tas de souvenirs dans un « *vrai-faux-désordre-organisé* ».

En fait, j'ai toujours qualifié ce sac de tambourin, mais sa forme est plutôt celle d'un mini cylindre, ou d'un petit seau. Un sac seau, saxo, oh, oh, oh, c'est drôle, non ?

Je suis une incorrigible joueuse. Je ne sais pas rester sérieuse plus de quelques lignes.

Peut-être est-ce ma façon de fuir certaines émotions qui pourraient jaillir si je creusais plus profondément. Émotions auxquelles je ne veux pas/ne peux pas faire face ?

La question demeure ouverte. La réponse aussi.

Vous aussi, vous m'êtes précieux.

PS : Je crois bien que je resterai petite *ad vitam æternam*...

Mardi gracieux et grassouillet

Promotion du jour : deux fulgures pour le « prix » d'un !
Après le macro-texte précédent, en voici un tout micro.

Cette bafouille rikiki accentue le contraste avec les excès inhérents à cette journée replète et potelée, placée sous le signe de la générosité, l'opulence et l'abondance.

L'espace de quelques heures, je vous invite à zapper la *sinistresse* ambiante, les informations *ras-le-bolisantes* et le magma glouton qui absorbe nos vies depuis trop longtemps déjà ! Ne boudez pas le plaisir de régaler[21] vos papilles en savourant gaufres, crêpes, bugnes, merveilles, oreillettes et beignets qui font de cette journée de mardi, dit gras, la plus gourmande de l'année.

Profitons-en, les amis ! Demain, mercredi des cendres, marque le début d'une période de privation(s). Ce sera donc ceinture. Cette perspective étant peu alléchante, je vous incite à « *carper le diem* » à *donf* !

---

[21] Étymologiquement régaler signifie traiter comme un roi, expression de circonstance en temps en fin de carnaval.

Alors, ... à rien

C'était juste pour faire avancer le fulgur'ibilick.
Parce que la journée est passée et qu'il ne s'est rien passé.

Ah mais non, je mens !...

Il a fait beau. Sous le ciel saupoudré de clémentes nuées, j'ai vaqué à mes activités usuelles : appels téléphoniques, micro-ménage, cuisine, télé, musique, sudoku, etc. Hormis ces passionnantes occupations, je n'ai absolument rien fait.

Ah mais non. Je mens !... *Bis repetita.*

Ce matin, je suis descendue au cœur de ma jolie ville pour y récupérer ma nouvelle carte Visa qui avait été boulottée par l'automate à billets. *Miracolo,* elle marche ! C'est fou, on n'arrête pas le progrès.

Et cet après-midi, j'ai joué (et gagné) à la pétanque. Au passage, merci à ma brillante coéquipière, Debbie, qui tiré comme une pro, bravo !

Et ce soir, un brin d'écriture avant le dîner et le dodo.

Et... et... rien d'autre.

Je vous souhaite une belle soirée, mes amis.

Demain sera un autre jour. J'espère que le vent de la « vraie » inspiration daignera alors souffler à nouveau. En attendant, je vais me ressourcer en restant en mode carême, voire jeûne de mots.

PS : Il fallait bien que ça arrive, un texte niveau bac à sable, dans le style rédaction d'une carte type colonie de vacances. En fait, un fulgure vide de sens où « *ça se passe rien* »...

Chut, l'inspiration dort ! Grrr !...

Écriture matinale pour éviter les bafouilles tardives, saugrenouilles et sans intérêt.

La luminosité qui filtre à travers le volet de ma chambre laisse penser que le ciel a froid ce matin. Enrobé d'une épaisse étole déclinée en camaïeu de gris, il semble endormi. Sans doute attend-t-il le réveil du soleil, ensommeillé lui aussi. Souhaitons que l'astre-roitelet se lève du rayon droit et que d'humeur guillerette, il revête son manteau de lumière ambrée qui réchauffera ce jeudi tout joli.

En dehors de ces futiles considérations d'accessoires de mode célestes qui auraient toute leur place aux « *Reines du shopping* », il n'y a rien de palpitant à évoquer au terme d'une nuit aux allures de confetti, tant elle fut fragmentée. J'ai l'impression d'émerger d'un interminable et exécrable jeu de cache-cache avec le sommeil qui m'a répété en boucle : « *Je suis là, pas là... là, pas là...* ». On aurait cru Vianney (« *Mais t'es où ? Pas là...* ») en mode vieux vinyle rayé. Très vintage, ma nuit ! Remarquez, une nuit avec un Vianney un chouïa plus vieux que le vrai (disons avec une trentaine d'années de plus, son père, peut-être), *why not* ? Je plaisante, évidemment...

Je crois qu'il est temps de vous laisser avant de dérailler totalement. J'avoue être un brin fatiguée et une plume endormie, pour ne pas dire un poil endormie.

PS : Contrairement à ce que j'ai affirmé en entête, le fait d'écrire tôt ne change rien à l'affaire. Quand on est ramollo du cerveau, on est ramollo... Cela fait deux fulgures d'affilée sans aucun peps ni intérêt. Va falloir faire quelque chose pour y remédier. Je déteste foncièrement ces phases de *mollitude* où « *ça s'écrit rien* »...

Et un « plat » du jour, un !

Au menu de ce vendredi sans remous, vous prendrez bien un p'tit frichti aux allures de limande anorexique ? Un de plus, hélas !

Si vous avez lu mes récents fulgures, notamment les deux derniers, vous avez peut-être constaté que ma prose était en proie à une vilaine disette.

En mal d'inspiration, de folie, de peps, d'énergie et *tutti quanti*, ces textes rachitiques ont des allures d'étoffe rêche et rétrécie. Les mots sonnent creux. Les métaphores n'évoquent qu'images molles et floues. Les idées sont fuyantes et les rares réflexions prennent la poudre d'escampette. D'ailleurs, si je ne me retenais pas, je gourmanderais bien ces garnements de mots insouciants en plagiant Pagnol : « *Vé, couillons, vous faites pleurer vot'mère. Peuchère !... »*

Si je déplore les effets *scrogneugneu* de cette pénurie de souffle inspiratoire, j'ai beau me creuser le cervelet et en gratter les sillons dans tous les sens, je n'arrive pas à en identifier la cause. Parce que, contrairement à ce que pourraient le laisser supposer les lignes ci-dessus, tout va plutôt bien dans ma vie actuellement. Du moins, aussi bien que possible. Et peut-être est-ce justement pour cela que les mots ne jaillissent pas en geysers et que mes textes ressemblent à des crêpes d'une consternante platitude.

La seule remarque qui pourrait apporter un embryon d'éclairage concerne un constat très banal. En effet, depuis que j'écris « en vrai » (officiellement 2005), j'ai pu noter que l'inspiration ne soufflait « bien » qu'en cas d'extrême état émotionnel. C'est à dire, soit quand je suis très bien, soit très mal. Entre les deux, c'est toujours plutôt bof. Je remplis plus que je n'écris...

Voilà, l'experte en vaine investigation a parlé ! Toutefois, je ne suis pas plus avancée. Vous non plus, je suppose.

Malgré moi, ce fulgure va donc grossir la pathétique lignée de ses prédécesseurs. Vous m'en voyez marrie. Tant pis !

Sur cette folle pensée, je vous souhaite une belle soirée, les amis.

En grattant sous mes mots mous du genou, vous trouverez un : « *three b* » (*big* bouquet de bises).

Émilie jolie

Un conte, où l'on se rend compte que même les lapins bleus n'ont pas forcément une vie rose.

Hier soir, en apprenant le décès de Philippe Chatel, j'ai été peinée. Pourtant, je n'étais pas vraiment fan de ce discret chanteur-auteur-compositeur. Peut-être est-ce parce la chanson phare du conte musical : « *Émilie jolie* » qu'il avait créé en 1979 pour sa fille alors âgée de quatre ans, m'a toujours émue. Il s'agit de la chanson du grand oiseau[22].

Ne connaissant pas les détails du conte, qui n'est pas tout à fait de ma génération (j'avais 24 ans à sa sortie), ce matin, je me suis plongée dans le livre d'Émilie.

Au fil des pages, en compagnie de la petite héroïne, j'ai rencontré un lapin bleu, un grand oiseau, une autruche, une gentille sorcière, des baleines de parapluie, un hérisson, un extra-terrestre de la planète fa, un caillou abandonné par le petit Poucet, un coq et un âne, un loup, un raton laveur-rêveur, un Prince charmant...

---

[22] « La chanson du grand oiseau » : https://youtu.be/A2X5r6Oe-7M

L'espace de ces instants, je me suis laissé porter par les chansons servies par d'excellents interprètes. Au gré des paroles égrenées, j'ai réalisé qu'au-delà des apparences, ce conte, reflet de la vie, n'est pas si joyeux que cela. Ceci n'est évidemment que mon avis.

Quoi qu'il en soit, Merci à Philippe Chatel d'avoir offert à sa fille Émilie, et à nous tous, ces délicieuses mélodies. Le temps de cette parenthèse, j'ai oublié les *grincheries* du quotidien et les éventuels tours de vis sanitaires qui pendent au bout du nez des Alpes Maritimes... Sans commentaires.

Pour conclure ce fulgure, je vous envoie une bise sucrée.

PS : Au hasard d'une promenade sur *Facebook*, j'ai découvert les superbes aquarelles de Steve Hanks, saisissantes de réalité.
Sur celle-ci, on pourrait presque « reconnaître » la petite Émilie... Vous ne trouvez pas ?

Émile et Émilie

Gageure ou délire endimanché ? Fatiguée par une journée un peu trop remplie, j'ai repris et fini un conte écrit il y a quelque temps. Clin d'œil du hasard, l'héroïne s'appelle Émilie, aussi...

Émile, plombier-zingueur à ses heures, s'évade dès qu'il le peut en traversant le sentier des mots. Poète déjanté, il vit avec Ptitpois, un chat siamois qu'il confond parfois avec un parapluie. Faut dire qu'Émile est un peu miro.

Émilie, presseuse-repasseuse à la teinturerie des flots bleus, est surtout rêveuse. Sitôt sortie de sa fournaise, elle s'enfuit, elle aussi, vers un pays pavé de mots. Elle partage un studio avec Ptitpot, un bichon frisé qu'elle prend pour un bébé.

Faut dire qu'Émilie est un peu presbyte.

Hormis l'amour des mots, rien ne rapproche Émile d'Émilie. Et vice-versa, bien entendu !

Ce soir, Émile a mis un jean, un marcel, et chaussé des baskets pour aller danser.

Émilie porte également un jean, un débardeur et des tennis incrustées de strass. Elle aussi part guincher.

Au bal du P'tit Fulgure, la fête bat son plein. Impossible, dites-vous ? M'en fous, je fais comme je l'entends dans ce conte sans confinement ni *coronamachin* à la gomme *covidique*.

Tous deux se rendent donc au bal. Mais Émile s'y ennuie et Émilie aussi. La chenille qui serpente au gré d'une danse de canards boiteux, est à vingt mille pieds des mots que tous deux affectionnent. Soudain, le DJ change de registre. « *Le lac des si...* » retentit. Et les voilà partis !

– Ensemble ? demande avidement Vivi, en esquissant un sourire malicieux.

– Meuh non ! Chacun de son côté, lui réponds-je désabusée. Tu sais bien que rien ne rapproche le plombier de la repasseuse.

– Rien ? Et l'amour des mots, alors ? reprend Vivi affirmant son sourire craquant.

– C'est vrai, j'ai failli l'oublier. D'ailleurs l'air du « *lac des si...* » ouvre la porte à toutes les éventualités. Avec des si, on mettrait Paris dans une fiole de parfum, n'est-ce pas ? L'année compterait 365 St Valentin, je serais sculpteuse de mots, et toi tu serais fée.

– Mais j'en suis une, tu le sais bien, Mimi. D'ailleurs, ma baguette magique s'ennuie. Tu ne veux pas qu'elle aide ces deux-là à se marier ?

– Ok, ok... Vivi. Appuyons sur le bouton « *Retour vers le futur* » et remontons quelques lignes plus haut.

Donc, la mélodie du « *Le lac des si...* » redémarre. Nos deux tourtereaux échangent un regard, un sourire. Leurs corps s'épousent sur ce tango de braise qui brise la glace. Un baiser plus loin, ils découvrent leur passion commune pour les mots et hop, l'affaire est dans le sac !

– C'est mieux avec cet *happy end*, Vivi ?

– Mouais... Mais pas très crédible. Il faut quand même raison garder, Mimi. On ne se marie pas ainsi. Sur un coup de si...

– Certes. Mais sur un coup de baguette magique, peut-être. Or, tu en as une, n'est-ce pas ?

– Vi, vi, vi... ânonne Vivi.

– Alors, on fait quoi maintenant ? On marie Émile et Émilie ou bien on les renvoie à chacun chez soi, avec Ptitpot et Ptitpois ?

– *Marions-les, marions-les* ! fredonne aussitôt Vivi (sur l'air de la chanson de Juliette Gréco[23]) en agitant sa baguette magique au-dessus des mots de ce conte loufoque à souhait.

C'est ainsi que Ptitpot et Ptitpois se marièrent et eurent beaucoup de bichons siamois... Il y a bien des bichons maltais. Pourquoi pas des siamois ?

Quant à Émile et Émilie, l'histoire ne dit pas si leur passion commune a mêlé (*mailé* ?) leurs mots...

Sur ce, belle soirée, les amis. La conteuse à la p'tite semaine va se coucher en rêvant à d'autres aventures avec la facétieuse fée Vivi et sa baguette gaffeuse.

---

[23] « Marions-les » : https://www.youtube.com/watch?v=L50lSBgrjE0

Sans titre ni transport

Esprit ensommeillé + Petit corps fatigué + Inspiration évaporée = Rachitique pincée de mots gnangnan.

L'équation peu engageante traduit bien la journée insignifiante qui vient de s'écouler.

Ce lundi fut gris. Au diapason d'une luminosité tristounette, les heures ont mollement glissé dans le sablier. Seules les petites boules ensoleillées des mimosas alentour ont eu vent d'un souffle de vie. Joufflu, le souffle...

De façon inversement proportionnelle (principe de vases communicants oblige), l'inspiration s'en est trouvée émaciée.

Maigrelette, la pauvrette a insufflé une prose *gringalette*, plate comme une galette. Ouah, quel chapelet de *rimelettes* !

En filigrane de mes pitoyables acrobaties verbales, vous avez parfaitement compris mon désir de fuite. J'espérais vous égarer, mais vous n'êtes pas dupes, n'est-ce pas ?

Au fil des mots qui s'avachissent sans élan, l'équation initiale s'avère de plus en plus exacte. Ouh la, la ! Ma dernière assertion flirte diablement avec le pléonasme. « *Pour un flirt avec toi... tralalalalalala...* »

C'est décidément trop glauque. Il est temps d'abréger la torture (la vôtre comme la mienne).

Pour conclure ce fulgure un peu trop sur, je dépose une bise sur la bordure.

Mardi, c'est absurdie

Aujourd'hui, dès l'aube, à l'heure où rosit le jardin, les neurones sont parés pour une belle journée. Waouh ! Mais c'est Victor Hugo, version pub Ricoré.

« *Profitons-en avant qu'elle ne s'envole !* », cui-cuite gaiment un geai des chênes perdu dans l'olivier.

« *Mais qui ? Mais qui ?* », s'époumonent aussitôt deux écureuils, égarés eux aussi.

« *L'inspiration, pardi ! L'inspiration, vous dis-je !* », répond l'oiseau dans un trille *pagno-molièrisant*, avant de rajouter « *Il ne faut pas attendre* ».

« *Nous dirions même plus : il ne faut pas attendre* », reprennent en chœur Tic et Tac, en frisant leurs moustaches façon Dupont, Dupond.

« *Bon, ça suffit là-haut ! Vous êtes fiers de vous, petits canaillous ?* » Là, c'est moi qui parle.

Pfff ! Ce matin, mes neurones sont fous. Et si je ne les canalise pas immédiatement, ils vont me seriner toute la journée sur l'air du « *Chant des Africains* » :

♫ « *C'est nous, les canaillous qui arrivons de loin !...* » ♫

Je les connais ces bougres, capables d'enchaîner les facéties sur le chapelet : « chou, hibou, caillou, genou... bijou ». Dans ce cas, c'est *open bar*. Je ne vous raconte pas les nœuds au niveau des synapses. Et là, je ne réponds plus de rien.

Les pinceaux risquent de tellement s'emmêler que mon cerveau aura l'allure d'un Picasso. Pas dans sa période bleue ou rose, ce qui serait assez flatteur. Non, ce serait plutôt Pablo dans sa phase *foutage de gueule*. Quand il croquait des femmes à géométrie variable avec des têtes carrées et des corps en triangles de Pythagore. En clair, du grand n'importe quoi.

Il faut donc étouffer dans l'œuf ces espiègleries matineuses.

C'est malin. Pendant que je gourmandais mes neurones indisciplinés, « l'autre » en a profité pour se faire la belle...

« *Mais qui ? Mais qui ?* », m'interrogent Tic et Tac d'un regard hagard.

« *Ah, vous, ça suffit ! Grignotez vos noisettes et les vaches seront bien gardées !* » leur réponds-je courroucée.

Ça y est, j'ai disjoncté. C'était couru. Entre un geai mordu de littérature, des écureuils curieux, rabâcheurs, *tintinophiles*, et un peintre complètement braque, le tableau ne pouvait que déborder du cadre.

Encore un mardi qui s'annonce coton...

Sur ce, je repars me coucher.

PS 1 : Au fait, « l'autre », celle partie en catimini, c'est l'inspi. Mais vous l'aviez compris.

PS 2 : Eh bien quoi ? Je suis coi, quoi ! Et un peu ahurie aussi.

Intemporalité et mise en abyme

« Peut-on tout écrire ?
Il arrive que l'inspiration, petite rusée, se tapisse dans des recoins si discrets qu'elle échappe à tout appel. Dans ce cas, est-il utile d'insister ?
Écrire pour écrire ? Étaler de façon indécente pour se faire remonter le moral ou les bretelles (!), ne présente pas d'intérêt. Il convient alors de prendre un peu de distance pour mieux distinguer, respirer, comprendre et réagir.
Passage à vide salutaire pour mieux repartir vers les contrées d'un imaginaire plus respectueux vis-à-vis du lecteur qu'il ne faut pas prendre en otage avec des mots.
De toute manière, tout va bien et il n'y a rien à dire. »

J'avais écrit ces mots en octobre 2006. Cela me laisse songeuse, et même rêveuse, tant ils sont toujours d'actualité. Pas une ride dans le ressenti exprimé. Étonnant, n'est-ce pas, cette inspiration facétieuse (et perverse ?) qui joue avec moi tel un chat avec une souris, depuis tant d'années ? Cette récurrence est la preuve de ma constance autant que celle de son inconstance.

Volatile, impermanente, fluctuante, capricieuse, fulgurante, prise de tête, capable du meilleur comme du pire... Bien sûr, tous ces qualificatifs la concernent. Ah, vous pensiez que je parlais de moi !? Remarquez, en regardant de plus près, la diva et moi avons quelques points (noirs) communs. Je ne préciserai pas lesquels. C'est peut-être pour cette raison que nous nous chamaillons si souvent elle et moi.

Si vous saviez comme cette "princesse" m'agace quand elle fait sa grande scène en me claquant la porte au nez. Grrr ! Ce qu'elle peut être *gavante* et soûlante !

Elle ferait un parfait personnage de roman à elle seule. Complexe et prédictible à la fois. Indémodable. Inusable. Intemporelle...

J'y songerai (dans une autre vie) le jour où j'aurai assez d'inspiration et de talent pour écrire un roman digne de ce nom.

Là, c'est de la récursivité pur sucre, une belle mise en abyme[24]. Un peu éculé toutefois le thème de l'auteur maudit, en mal d'inspiration et dépressif face à la page (l'écran) blanche (vierge), vous ne trouvez pas ?

Sur cette pensée si gaie, je vous souhaite une belle soirée et m'en vais rêver de fromage fondu et de boucles d'oreilles.

---

[24] Vous le savez sûrement mais pour le fun, voici une piqure de rappel à propos de la mise en abyme qui est un procédé consistant à représenter une œuvre dans une œuvre similaire (ex : un film dans un film, poupées russes), ou à incruster dans une image cette image elle-même (en réduction). Observez l'étiquette d'une boîte de « *vache-qui-rit* » et vous saisirez immédiatement. Les boucles d'oreille de la vache sont des boites de « *vache-qui-rit* » dans lesquelles on voit la vache elle-même qui porte des boucles d'oreilles, etc. L'image se reproduit ainsi à l'infini. La prochaine fois que vous croiserez une vache rieuse au rayon frais de votre supermarché, vous ne la considérerez plus comme un banal fromage fondu de forme triangulaire. Elle vous fera un effet bœuf !
Quant à la récursivité, c'est exactement le même principe appliqué aux mathématiques lorsqu'une fonction s'appelle elle-même...

Pot-pourri

Intemporel Starmania...

Depuis plus de quatre décennies, les chansons du mythique opéra-rock accompagnent mon existence et câlinent mon âme.

En écoutant la complainte de la serveuse automate[25], une étrange sensation m'enlace. Le temps a coulé comme une nacelle ondulant au gré du vent. Quarante ans ou quarante secondes, quelle différence ? Les frissons sont les mêmes. L'émotion également.

Juste une invitée surprise : la nostalgie assise au bout du rang, sur le petit strapontin de velours violine. Je me laisse bercer. Boule de musique lovée au creux de l'âme.

« *Ma vie ne me ressemble pas...* »
Les mots résonnent douloureusement. Ma vie ? Quelle vie ?
Les mots s'amoncellent en petits tas, sagement alignés.

Le corps est usé, picoré de douleurs lancinantes. Le moral oscille (trop ?) souvent entre chaussettes et... peu de « choses » vraiment exaltantes. Le manque est permanent. Depuis des années, aucune main ne se pose sur mon épaule arrondie de lassitude. Aucun baiser volé ne s'insinue dans le creux de mon cou ni sur mes lèvres sèches de désir. Je ne parle même plus d'amour. Je vis sans lui depuis si longtemps déjà... même si je partage la vie d'un homme depuis trente-six ans.

---

[25] « La serveuse... » : https://www.youtube.com/watch?v=tqwZFF3BC3M

Mais comme s'interrogeait le chanteur d'*Egotrip* du même *Starmania* : « *Pourquoi vivre à deux si c'est pour vivre à moitié ?* » Effectivement, pourquoi ?

Aucune réponse ne toque à la porte des mots de l'*écrivante ronronnante* qui aurait sans doute « *voulu être une artiste...* » Et aujourd'hui, la lassitude a jeté pêle-mêle les paroles de mélodies qui s'enroulent dans ma « *tête qui éclate...* »

Je vous laisse. Il est temps de refermer l'album.
Je vais poursuivre, seule, ma projection privée vers le passé.

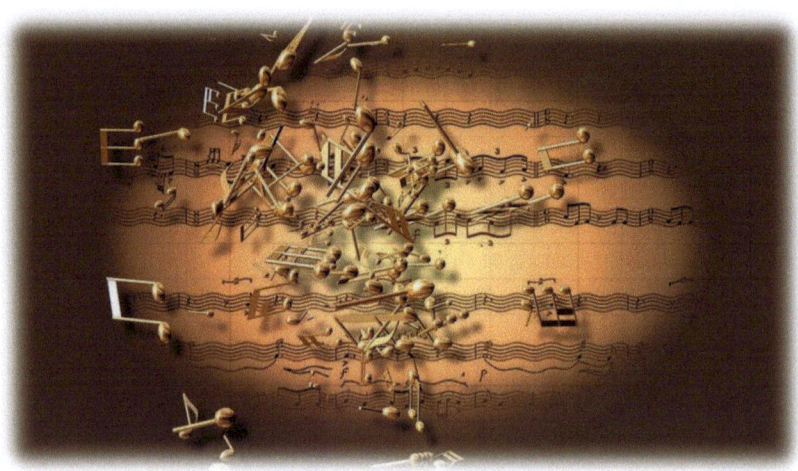

Temps pi

Hier, je n'ai pas eu envie d'écrire. Parce que je n'en avais pas envie. Simplement pas envie. Tant pis...

Je ne peux pas incriminer l'inspiration, qui n'attendait qu'un « *go !* » pour décoller des starting-blocks de la méridienne ivoire de son donjon éponyme ; ni la fatigue, fan absolue du club des abonnées hyper présentes ; ni le moral, fada de chaussettes aux allures de yoyo ; ni même le ciel bleu clémentine, qui était tout soleil sur fond d'air frais.

Non, rien de tout cela n'explique l'absence d'envie d'écrire.

Hier, dès le matin, au terme d'une nuit morcelée (pléonasme), je me suis sentie enrobée d'un manque d'envie prégnant auquel je n'ai pas eu envie de résister. Manque d'envie dans manque d'envie... Cela me rappelle la mise en abyme récemment évoquée. Pas vous ?

Hier, j'ai donc joué aux poupées russes, emboîtant les manques les uns dans les autres. J'ai commencé par le manque d'élan, puis d'allant, d'entrain, de désir, d'envie, pour finir par le manque de vie. J'aurais peut-être dû commencer par ce dernier pour englober les autres ? La question reste ouverte : la vie est-elle symbolisée dans la plus petite ou la plus grande des *matriochkas* ? Dans la série des interrogations existentielles de Mimi, celle-ci n'est pas piquée des hannetons. *Tontaine, tonton...*

Début de parenthèse (censée rassurer le lecteur)

Meuh non ! Je ne replonge pas dans la *Starmaniaquerie* de l'avant-veille. L'objectif n'est pas de faire sombrer ces *fulgurescences* dans un méli-mélo de pathos et de mélo.

Pathos et Mélo ? On croirait des personnages d'histoires drôles. Du style, Olive et Popeye sur le bateau de Toto. À la différence que Pathos et Mélo sur l'eau, seraient plutôt à bord d'un paquebot (le Titanic ?). De fait, l'histoire ne serait pas précisément hilarante et la chute cousue gros doigts (de fil blanc, si vous préférez) se devinerait trop aisément.

Fin de parenthèse (qui a rassuré le lecteur ?)

Hier, j'ai donc suivi mon (manque d')envie. Je n'ai pas écrit. Bien m'en a pris. Du moins, je le crois. Peut-être aurais-je dû m'abstenir aujourd'hui aussi ?

Mais je me suis réveillée à 3h14, heure im-pi(e), d'où le titre de ce fulgure, et l'absence de sommeil m'a guidée vers le clavier... Temps pi ou/et tant pis. À vous de choisir.

Sur ce, belle journée, je vais me recoucher.

PS : Je suis bien trop ensuquée pour qualifier mon état de veille.

Quintet-sens

Rêve conté... Ou conte rêvé ?

D'un air entendu, le chef d'orchestre commença à agiter frénétiquement sa frêle baguette. À l'instant où le défilé du « *Carnaval des animaux* » de Monsieur Saint-Saëns démarra, de singulières entités jaillirent du pupitre.

Le célèbre groupe de fées : « *quintessence* », venait de s'inviter à la prestation du maestro.

Dès l'ouverture, la membrane de la fine « *Oreillie* » frémit. Ressemblant de façon hallucinante à un demi-*palmito* en position fœtale, elle se tendit généreusement vers la globuleuse « *Irisette* », dilatée à l'extrême. Enivrée d'un camaïeu de couleurs, cette dernière commença à battre la mesure de ses longs cils. En parfaite harmonie, les duettistes vibrèrent de concert, et de conserve, sans se soucier de leurs consœurs, immobiles sur le rebord de la partition.

Subitement, « *Nezette* » éternua et ne put maîtriser le mouvement de son appendice (à l'instar d'une jolie sorcière bien aimée autrefois). Conséquence ricochet : une kyrielle de notes se détacha de la portée. Plusieurs chutèrent sur la moquette, dégageant un parfum boisé de champignon d'automne. Jalouses, les clés de la partition, leur emboîtèrent le fa. Le sol fut aussitôt jonché de doubles croches, exhalant d'exaltants effluves de chocolat chaud.

Titillée par l'odeur diaboliquement tentante, « *Goûtine* » saliva et déglutit avant d'engloutir d'un seul trait toutes les lignes de la portée en cours d'exécution.

La musique s'interrompit. Ce défilé n'avait plus de sens. À cet instant « *Nitouche* », restée saintement assise jusqu'alors, décroisa ses menottes et caressa voluptueusement la joue du maestro. Rassuré, celui-ci reprit le cours du corso animalier jusqu'à l'ultime note.

Sous un tonnerre d'applaudissements, le maître agita une dernière fois sa baguette magique. L'effet fut immédiat : le quintet s'évapora.

À cet instant, une fée invisible tapie sous le pupitre surgit. La discrète inconnue déploya ses ailes et voleta vers les mèches grisonnantes du virtuose en chef. Elle y saupoudra une pincée de poussière d'étoiles scintillantes. Le maestro se sentit aussitôt transporté.

« *Intuitine* » venait d'entrouvrir le sas du sixième sens...

← *Oreillie, Irisette, Nezette, Goûtine, Nitouche* et *Intuitine* : *guest-stars* de Mimi, cheffe-conteuse.

Bric-à-brac un brin *falabraque*

Confetti de mots confinés pour un fulgure fourre-tout, façon puzzle, ça vous tente ?

Ça ressemble à quoi un dimanche confiné ? Bah, à rien, bien sûr ! C'est la copie presque conforme d'un proche passé pas très simple. L'an dernier, nous avions déjà composé avec l'imparfait dans un genre moins-que-parfait. Mais à présent, tout se conjugue à l'impératif. Question de mode, sans doute. À titre indicatif, le futur risque de devenir conditionnel si les règles édictées ne sont pas respectées *stricto sensu*.

Pourtant, comme le disait joliment Eleanor Roosevelt :

> *« Le futur appartient à ceux qui croient en la beauté de leurs rêves. »*

Encore faut-il en avoir. Des rêves, comme un futur...

Dans mon emballement, j'ai zappé le subjonctif. Le pauvre ! C'est l'oublié systématique de cette période trouble. Force est de reconnaître que ses formes précieuses et désuètes en « *-asse* », « *-isse* » ou « *-usse* », ainsi que ses accents circonflexes farceurs sont piégeux. Il est pourtant sacrément utile (même si mal utilisé), ce bon vieux temps !

La dernière assertion fait un peu réac, mais j'assume.

Pour revenir à ce dimanche de confinement, l'extrême luminosité du ciel me nargue. Si la voûte céleste savait parler l'Humain, et particulièrement le français, la coquette se moquerait certainement en s'esclaffant d'une voix de dessin animé (genre Betty Boop) : « *Nananère et nanana ! C'est moi la plus jolie. Toi, t'es toute rabougrie dans ta robe vert-de-gris !* » En somme, la narquoise ne dirait que la vérité. Tant il est vrai que ce dimanche n'a rien de sexy. Il fait beau, certes. Mais c'est tout.

Le confinement, même partiel, aurait des vertus. Hem ! Faisons confiance aux media pour relayer à tout-va les décisions dont le gouvernement nous matraque. Mais ledit confinement a plus sûrement des vices, disons des revers de médaille, notamment celui de scléroser les corps et les âmes.

Pour ma part, la côte d'alerte n'est pas loin d'être atteinte. Heureusement, demain, c'est lundi, jour de sortie !

C'est vraiment le monde à l'envers. Comme si la France se trouvait en Australie et vice-versa. D'ailleurs, j'aperçois un kangourou dans le bush de mon jardin japonais.

Voilà, j'ai disjoncté ! Il est temps de déserter ce foutu clavier pour voler vers le futur de mes rêves. Ciao, les amis !

← Mimi, en mode fée
☼ ♥ ♥ ♥ ☼

PS : Je voulais inclure dans ce fulgure, l'adjectif : <u>smaragdin</u> soufflé ce matin par mon amie Rysette. Mais je n'ai pas entrevu la moindre brèche pour m'engouffrer dans ce vert émeraude à la fois *smart* et radin. Un autre dimanche de confinement, peut-être.

J'peux pas, j'ai vol...

« Croire en quelque chose et ne pas le vivre, c'est malhonnête. » Ghandi.

Je reste mitigée face cette pensée. Certes profonde et bien pensée, justement. Mais j'aurais plutôt envie de dire que <u>faire croire</u> quelque chose (mettez absolument tout ce que vous voulez derrière le mot « chose », y compris l'ardeur de sentiments d'amour) et ne pas le vivre, c'est de la malhonnêteté, du manque de respect, de la lâcheté, de la couardise, de l'immaturité, de la méchanceté... Bref, ce n'est pas digne d'un être Humain.
Fuck aux irrespectueux de tous poils ! Comprenne qui pourra.

C'était mon coup de gueule du petit matin, pas chagrin. Puisque nous sommes lundi. Youpi ! Et que cet après-midi, je vais *pétanquer.* Pointer tout mon soûl au soleil, près de la Méditerranée, en occultant *Coronus* et sa clique de variants avariés, c'est vraiment le pied, comme disaient nos aînés.
À propos de virus, ce serait « drôle » (façon d'écrire) qu'une nouvelle souche, aux picots très louches, venue du fin fond du bush, fasse mouche, et relègue ses collègues (anglais, sud-af', et brésiliens) au rang d'amuse-bouches. Non ?
Naaan, ce ne serait pas drôle du tout ! Parce que, comme aurait dit Desproges : « *on peut rire de tout, mais pas avec tout le monde.* » Dans notre cas, c'est le Monde, avec un « M » majuscule, dont il s'agit.

Donc, *fuck* aux virus de tous picots ! Et là, tout le monde (Monde) comprend.

Sur cette vertigineuse pensée malpolie autant que malicieuse, je vais me préparer pour une belle journée.

On croirait une pub édulcorée, du genre *Ricoré, blue sky* à souhait (plus bleu-rose, tu meurs). D'ailleurs si, comme moi, la chicorée n'est pas votre tasse de thé, je vous conseillerais d'en buvoter avec modération, sinon c'est l'amer à boire.

Je vous laisse, les amis. Ma leçon de vol démarre dans quelques secondes.

Ba-baiiiiiillle de Mimi, toujours en mode fée !

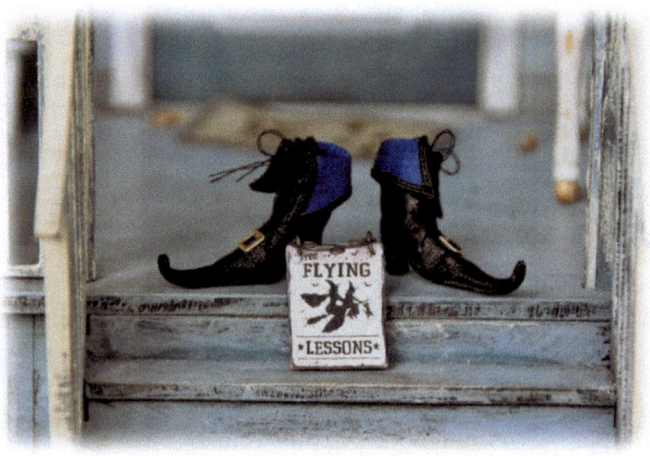

PS : Je n'ai pas encore trouvé de percée pour inclure subrepticement ce pauvre smaragdin... qui baguenaude, vert d'ennui. Faut que je fasse *fissa*, si je ne veux pas voir l'éclat de l'émeraude virer au vert-de-gris.

Vert à soie

Revisite du conte de Cendrillon dans un endroit en vert.

Ce soir-là, Dohna s'était mise sur son 31. L'expression prend ici tout son sens. Vous en conviendrez, lorsque j'aurai précisé que la demoiselle allait réveillonner sous les cocotiers d'une île fleuri de l'Océan Indien.

C'était au temps où Bruxelles *brusselait*, où les gestes étaient charnières et non barrières, où les sourires étaient visibles, où les gens riaient, s'embrassaient, se touchaient sans peur et sans reproche... Un temps où nous étions toutes et tous, sans le savoir, des chevaliers Bayard en puissance. Beau dommage !

Pour revenir à l'objet de notre histoire, la soirée battait son plein de sens. Dohna dansait, dansait, dansait... sur du Guetta, mais aussi le Sega et le Maloya. Quand les douze coups de minuit retentirent, la nymphette cessa de se trémousser et se métamorphosa... en papillon, oubliant sur le sable ses escarpins

↓   ↓ smaragdins.

Son amie
Mimi s'en
saisit
aussitôt.
→

Puis, elle se précipita vers l'écran noir de ses nuits blanches pour y faire des claquettes... (plagiat éhonté d'un tendre Nougat... rhooo !)

Le lendemain, l'alchimie ayant agi, Mimi avait sublimé les souliers verts en pantoufles de mots-vair.

Ainsi naquit l'histoire d'un « *Papillon nommé Dohna* ». Dans sa hâte, l'auteure omit de préciser, si à la sortie du cocon, la chenille-chrysalide rencontra un papillon charmant, comme Cendrillon dans le conte originel.

Trop prompte, Mimi ? Hem ! En fait, l'espiègle souhaitait surtout ne pas influencer le hasard (ni le destin), laissant ainsi toute latitude à l'imagination du lecteur...

PS : Pugnace, en verve et contre tout, j'ai fini par placer élégamment ce gredin de smaragdin !

Trois fois rien

Mercredi 3/3... de l'an de grâce 2021. Vingt-et-un ? Mais ça fait deux et un, qui font trois, aussi. La preuve par neuf (au passage, trois fois trois) que l'on peut faire dire aux chiffres absolument ce que l'on veut.

Une date doublon, sous forme de tierce. Presque un *triplon*. Puisque nous sommes mercredi, troisième jour de la semaine. Cela aurait pu être source d'inspiration. Du style :

Et un, et deux, et trois ! Meuh non, pas zéro ! Vous êtes trop foot, vous. On reprend.

Et un, et deux, et trois, on inspire.

Et un, et deux, et trois, on expire.

Et un, et deux, et trois, on recommence.

Jusqu'à ne plus respirer ? m'interrogé-je à cet instant précis. En guise de réponse, mes traits se plissent en moue peu expressive, voire dubitative. Mes mots se carapatent, en rangs serrés, et en *trimeaux*[26]. En *tri-mots*, trois par trois, si vous préférez. Cela va sans dire. Ni écrire.

En cette journée placée sous le chiffre trois, le ciel est gris-bof, nuance perlée entre gris-ronchon et gris-pas-envie.

Quant à moi, je préfère garder mon quant-à-soi et taire les frasques de mes états d'âme gris-yoyo.

---

[26] Néologisme dérivé de « *trumeaux* », lui-même néologisme extrait du roman : « *L'arrache-cœur* » - Boris Vian (1953)

Sur ce, je vais aérer les trois neurones à la puissance trois-cents (là, je m'avance peut-être un peu) qu'il me reste. Cet après-midi, j'ai pétanque.

Il est fort à parier qu'à l'image des jours précédents, je vais faire des étincelles (en mode pétards mouillés). Mes coéquipières de triplette en seront sûrement fort marries. Tant pis.

De sa petite hauteur, l'auteure haute comme trois pommes, vous envoie trois bisous (un sur chaque joue et un sur le front).

PS : Ce fulgure ne vaut certes pas tripette. Créé en deux temps trois mouvements, il ne casse pas trois pattes à un canard en costume trois-pièces d'un autre âge (au hasard, le troisième). J'aurais quand pu me *tri-fouiller* davantage les méninges (à trois, ha, ha, ha !) et l'intituler : « *Rencontre du troisième type* ». Ok, ok, je sors...

Chapeau, l'artiste !

Derechef, voici le chef avec un joli couvre-chef...

Aujourd'hui, sous la férule du maître, les fées se sont faites discrètes. Fondues dans l'orchestre qui rend hommage à Astor Piazzolla, les petiotes dansent lascivement le tango sur les touches sensuelles du bandonéon.

Oblivion (l'oubli)[27] porte à la nostalgie. Ce tango argentin s'accorde parfaitement à la tonalité argentée du ciel de ce jeudi après-midi. Merveilleuse alchimie des mots qui métamorphose une banale nuance de gris en précieuse irisation nacrée.

Que pourrais-je ajouter si ce n'est qu'aujourd'hui, Madame *Inspi* a pris son après-midi ? Mais vous l'aviez déjà compris.

Depuis que vous me lisez, il ne vous aura pas échappé qu'en période de disette, je ne suis guère diserte.

---

[27] « *Oblivion* » : https://www.youtube.com/watch?v=dF-IMQzd_Jo

De même, vous avez certainement constaté que lorsque je n'ai pas grand-chose (voire rien) à raconter, parce que mes neurones font *coucouche* panier, synapses en rond, je brode des mots napperons aux contours dentelés sur lesquels je dépose des réflexions, miroirs de mon âme (dans tous ses états).

S'il m'arrive de meubler mes textes de guéridons débordant de petits riens de vie, plus souvent qu'à mon tour, je fais du *home-staging* avec des idées usées jusqu'à la corde. J'aurais pu dire rénovation plutôt que cet insupportable franglais qui nous envahit chaque jour davantage, mais ça faisait un poil (de pinceau) ringard.

Vous avez vu ? Écrire pour ne rien dire est d'une facilité déconcertante (quasi indécente). Il a suffi de parsemer par-ci, par-là, une pincée de poudre de perlimpinpin panachée d'escampette pour (re-)donner de l'éclat à des pensées poussiéreuses. Une vraie fée du logis, cette Mimi !

Sur cette fine observation, je vous laisse, les amis. Je m'en vais danser le tango avec mes mots tout émoustillés.

PS : Mouais ! En fait, je ne suis ni convaincue ni satisfaite de ce fulgure sans queue ni tête. Surtout qu'il était censé évoquer le couvre-chef d'un chef. N'est pas Devos qui veut.

La tarte aux mots

Le mois de mars a démarré en fanfare. L'écriture lui a emboîté le pas (de deux).

De la tourelle de son château si haut qu'il se confond avec la teinte bleutée du ciel, Dame Inspi me fait de grands signes, ce matin. Drapée de sa toge version sémaphore, revigorée par sa récente virée au pays du tango, la diva fait des vocalises. Du creux d'un créneau, elle me répète à tue-tête : « *C'est où qu'on va quand, Mimi ?* » Je n'ose pas rétorquer que ses paroles sont en désordre ; que même la phrase originelle, à savoir : « *C'est quand qu'on va où ?* » est incorrecte. Qu'importe ! Je ne vais pas faire la fine bouche, ni bouder son *boute-en-trainisme*. Je suis si contente de retrouver ma vieille complice en belle forme.

Inutile de revenir sur les bisbilles et chamailleries récurrentes qui nous opposent. Entre elle et moi, c'est comme Jane et Serge : « *Je t'aime, moi non plus...* »
Une fois, ça va, une autre fois, ça ne vient pas.
Et ce matin, ça vient plutôt bien.

J'aime tant cette phase gourmande et *gourmette* !
Quand les lettres dansent avec grâce sous la caresse de mes doigts sur le clavier. Qu'une kyrielle d'accents suffit à monter voluptueusement les mots en neige. J'aime particulièrement les aigus nappés de caramel, les graves parsemés de paillettes cacaotées et les circonflexes fleuris de *smarties*. Sans oublier le

suprême double effet *kisscool* des trémas qui fondent sur des voyelles ourlées de pâte d'amande.

La réussite infaillible d'un texte à tomber (genre : tuerie, comme on dit aujourd'hui) nécessite de saupoudrer quelques zestes de virgules citronnées, une pointe de points-virgules enrobés de nougatine ambrée, un soupçon de points d'interrogation à la chantilly et d'exclamation à la noix de coco, une (grosse) pincée de parenthèses mousseuses, une flopée de points meringués et d'ellipses crémeuses à tout bout de phrase...

Il faut ensuite pétrir l'ensemble. Doucement. Patiemment. Minutieusement. Sculpter. Ciseler. Laisser reposer. Repétrir. Encore et encore. Pendant les pauses, il convient de dessiner des arabesques et des volutes dans l'air avec une baguette magique tout en prononçant des formules incantatoires, tout droit sorties d'un grimoire : « *Tournicoti, tournicoton... Abracadabra, et tutti quanta... Chut !* » La magie noire aide parfois.

Voilà, c'est prêt ! La tarte gorgée de mots, blonde et croquante, sort à l'instant du clavier tout chaud. Vous sentez la délicieuse odeur de cette délectable friandise qui dégouline sous mes doigts gourmands et vos yeux prêts à la dévorer ?

Vous en voulez une petite ou une grosse part ?

PS : Mon sémillant tablier de cheffe-pâtissière est vraiment très séyant.

Y'a d'la rumba dans l'air

Après la tarte juteuse du vendredi, voici les p'tits airs d'un samedi qui s'annonçait rikiki.

Ce matin, la musique me porte à la nostalgie. La mélodie s'infiltre en catimini. Bercées par un tango (encore et toujours *Oblivion*[28]) à l'indicible sensualité, mes pensées ondulent sur un rythme alternatif. J'ignore pourquoi, mais en parallèle, me reviennent les paroles d'une chanson de Bécaud[29] : « *... Et maintenant, que vais-je faire ?... Tu m'as laissé la Terre entière... Mais la Terre sans toi, c'est petit.* »

Si le lien n'apparaît pas immédiat ni limpide, gageons que mon inconscient a sciemment associé l'oubli et la perte.

Ce week-end, c'est confinement. Et j'avoue, j'ai le vague, comme on dit dans le Sud.

Subitement, « *j'ai des frissons et je monte le son...* ». Tiens, une autre chanson (*Chacun fait c'qui lui plaît*[30]), *a priori*, sans rapport avec ce qui précède. Mais encore une fois, l'inconscient a ses raisons obscures.

Ce matin, c'est du grand n'importe quoi. Vous ne trouvez pas ? Les mots se posent à leur gré. Sans structure ni ordre. J'ai l'impression que les syllabes trop longtemps corsetées se sont

---

[28] « *Oblivion* » : https://www.youtube.com/watch?v=dF-IMQzd_Jo
[29] « Et maintenant » : https://www.youtube.com/watch?v=Pw3cp4EojjU
[30] « Chacun fait... » : https://www.youtube.com/watch?v=03SIP6Bayj4

rebellées et qu'en réaction à un certain refoulement, les réflexions pulvérisent le paravent de la bienséance pour défiler sans vergogne, parées de gilets aux nuances canari. Toute ressemblance ou analogie (je n'ai pas dit apologie) avec un mouvement et des évènements, jadis récurrents les samedis après-midi, seraient totalement fortuites.

Mais je vais reprendre les rênes ; canaliser mes pensées ; gourmander mes mots, les calmer et les canaliser Ces petits foufous ont bien trop fait la bamboche ces derniers temps.

Sur cette perspective, je vous souhaite un beau samedi. Je vais profiter du mien pour me reposer.

Je suis *hyyypeeer* motivée, bien qu'épuisée après cette matinée dansante.

PS1 : Pourquoi Shirley Temple en illustration plutôt qu'une danseuse ? Parce que, petite, je lui ressemblais. Il paraît. Et qu'elle dansait aussi ; que tout semblait lui réussir ; et que... etc. Inconscient, quand tu nous tiens !

PS2 : Si le proverbe : « *qui se gêne devient bossu* » dit vrai, mes mots, temporairement endormis au fond de la malle virtuelle entreposée à côté du clavier, n'ont aucun risque de finir bosselés. D'autant qu'après le tango, le rap et la rumba, voilà la bossa nova.

Bonne fête aux (m)amies

Sous un soleil éclatant, ce dimanche, les mamies à la fête.

Je n'apprécie pas particulièrement les fêtes, quelles qu'elles soient. Pourquoi faudrait-il limiter à un jour précis la célébration des mères, grands-mères, secrétaires, épouses, sœurs, etc ? Offrir un sourire, des fleurs, de la douceur, de l'amitié, de l'amour, de la bienveillance, des instants de partage authentiques à celles qui nous entourent, se fait au quotidien, pas seulement un jour par an.

La générosité (sous toutes ses formes) est une des clés ouvrant à la plénitude. Une sensation aussi intense que le bien-être ressenti quand la vie dépose un cadeau sur le chemin.

Je n'ai jamais connu les miennes. Parties trop tôt. Où que vous soyez, Berthe et Dohna, je vous envoie un bouquet de douces pensées. Suis toute émue, du coup.

Beau dimanche, à toutes les grands-mères, et aux autres !

PS : Et demain, on remet « ça ». C'est la journée de la femme. À contrepied, je propose d'instaurer la *non-journée* (par analogie au *non-anniversaire* de Lewis Caroll[31]). Ainsi aurait-on 364 occasions d'honorer les femmes plutôt qu'une seule.

---

[31] Le non-anniversaire est un événement célébré n'importe quel jour de l'année, sauf celui de son anniversaire. Ce néologisme, *un-birthday* en anglais, a été créé par Lewis Carroll dans son roman « *De l'autre côté du miroir* » (1871).

La force de la fragilité

8 mars : Journée internationale des droits de la Femme.

Je l'ai dit, redit, re-redit et me plais à le répéter (la maître-es *ressamatique* est quasi docteur en la matière) : je n'aime pas les fêtes. Cette journée de la femme est certes une magnifique avancée par rapport aux *droits-peaux-de-chagrin* de nos aïeules (célébrées hier), mais cela m'agace profondément que nous (je m'inclus avec fierté dans la « race » des femmes) ayons besoin d'une journée spécifique pour affirmer, faire (re-)connaître et respecter lesdits droits.

Si depuis la nuit des temps, nos sociétés n'avaient pas été façonnées (érigées ?) suivant des règles, des normes, des lois, des religions... *phallocratic-oriented*, nous n'aurions pas eu besoin de nous battre pour être reconnues « égales de l'homme », au sens mâle du terme, bien sûr.

Même Aragon n'aurait pas eu à écrire que nous étions l'avenir de l'homme. Nous le savons depuis que le monde est monde. La fameuse intuition féminine, sans doute.

Il vaut mieux stopper là, sinon je risque de remonter à la pomme du fameux pêché originel. Ève, si tu me lis, pardon !...

Je vous laisse, mes ami**E**s. Ah bon, j'ai mis un « e » de trop ? Grrr !!! La langue française est à l'image de beaucoup de « choses » : terriblement machiste.

Je reprends donc... Je vous laisse, les amis.

Femmes, je vous respecte et vous aime sincèrement !

Vivounette

Après la fête des grands-mères, la journée de la Femme,
« ♪ *voici venu le temps des rires et chants* ♪ ». *C'est tout à fait de*
circonstance pour l'anniversaire de la fée Vivi (Viviane pour le
non-intimes) que j'aime appeler Vivounette.

Vivounette est un petit bout de femme qui sourit toujours.
Quels que soient les épreuves qu'elle traverse et les obstacles qui
entravent son chemin de vie, plutôt chaotique ces dernières
années.

Vivounette est une fée qui a la particularité de savoir
chanter et enchanter. Elle aime raconter de belles histoires
(inspirées par sa carrière d'instit en maternelle), parler (elle aime
tant ça que son téléphone est en surchauffe), recevoir des ami(e)s
(elle en a tant que je m'y perds), faire des après-midi thé-gâteaux
(la fée est une gourmande un brin excessive, c'est là son moindre
« défaut »), préparer des moules-frites que certain(e)s
privilégié(e)s ont la chance de savourer (j'attends mon tour
patiemment... Vivement que Coronus prenne la poudre
d'escampette !), faire du théâtre (elle est follement drôle quand
elle déclame « *La cigale et la fourmi* » avec l'accent espagnol, et
pas que là d'ailleurs)... et surtout, elle sait rire de presque tout (le
second degré est sa nature première).

Ce portrait est certes incomplet. Il y manque tes failles.
(quelles failles ?). Je te connais depuis assez peu de temps, Vivi,
mais tu m'as déjà beaucoup apporté, notamment tu as su trouver

les mots justes quand mon ciel était assombri. Mais chut, on n'en parle plus !

Je me souviens surtout de ce matin de décembre dernier, alors que nous parlions au téléphone,. Quand l'idée d'écrire un fulgure par jour est arrivée dans la conversation, tu m'as chaudement encouragée. Ainsi, c'est grâce à ton impulsion que ce livre est né. Quand je dis que tu es une fée, c'est vrai...

Je te souhaite un bel anniversaire, ma Vivounette. Je sais que ton téléphone va crépiter tout au long de cette journée particulière. Je sais aussi que tes enfants t'offriront de douces paroles, qui seront le plus beau des cadeaux. Je sais aussi que ton papa que tu as tant chéri t'enverra un sourire réconfortant de là-haut. Toi qui te plais à photographier le réveil du ciel, tu as sûrement remarqué que ce matin, il y avait une étoile qui brillait pour toi, tout particulièrement...

Je trouve que la petite dame sur le gâteau te ressemble un peu. Toi qui aimes te déguiser, te voilà promue : *vahiné-danseuse-de-flamenco*. C'est gonflé, non ? En plus, la petiote fête ses 4 ans. Comme toi, non ?...

PS : En guise de PS, une *private joke* un brin *saugrenouille* : je te *ouète* un bon anniversaire, ma Vivi. Désolée, mes amis, ce serait un peu trop long à expliquer et j'ai déjà dépassé le seuil autorisé.

Absence

« Je voudrais que tu sois là, que tu frappes à la porte.
Et tu me dirais ; c'est moi, devine ce que je t'apporte.
Et tu m'apporterais... toi. »
Boris Vian – « Berceuse pour les Ours qui ne sont pas là »

Si d'un clignement de cils, je pouvais transformer la berceuse de Boris pour en faire une réalité, je serais fée et toi, tu serais ours. Mais à qui donc parlé-je ?

J'ai une vague idée de l'identité de l'absent, mais préfère me taire et laisser l'ours hiberner dans son antre. Pourquoi prendrais-je le risque de déterrer ce « sujet » malfaisant, alors que je tente de l'enfouir à grands coups de « *même pas mal* » depuis très (trop ?) longtemps. Par ailleurs, délayer le résidu de bouillie qui stagne, malgré moi (je le précise) dans ma tête et mon cœur, serait faire trop d'honneur au dit ours. Sans doute mal léché...

Ouh là ! Je vais un peu trop loin, là.

C'est sûrement le costume de Dora l'exploratrice que je viens d'endosser, qui m'a donné des ailes pour m'aventurer sur un terrain aussi scabreux. Revenons donc à nos moutons, ou plutôt à notre ours et glissons sur les toboggans de glaise !

Vous ne comprenez rien à ce que je raconte ? Rassurez-vous, moi non plus.

J'adooore noyer le *poissours*. Cette curieuse bestiole issue du croisement d'un poisson-chat et d'un ours en peluche n'existe pas, dites-vous ? C'est curieux, parce qu'on a déjà connu pire. Exemple : le *néo-coronus* né de la rencontre d'une chauve-souris échevelée et d'un pangolin (lui-même hybride d'un *tapir-volant* et d'un artichaut à feuilles défrisées). J'ai donc toute latitude pour créer le *poissours*. De toute façon, l'auteur(e) a le pouvoir. C'est une sorte de Dieu. De déesse, en l'occurrence

Ouh là ! Me voilà à nouveau catapultée en terrain miné. *Bis repetita placent*... Mais cette fois, le costume de Dora me gêne un peu aux entournures. Notamment au niveau des chevilles, démesurément enflées (cf. le dernier paragraphe où ma modestie a pris la poudre d'escampette).

Je vous disais donc adorer noyer le *poissours* sous un flot de vagues suggestions, sans rien exprimer de précis. D'ailleurs, je vais de ce pas occire cet ours à écailles (obscur cousin de l'oursin) dans un bain de fiel, plume, goudron bien poisseux.

Vous ne comprenez toujours rien ? Rassurez-vous, moi non plus.

Je vous invite donc à ranger ce texte dans la catégorie inc(l)assable des « *fulgur'absurdes* » et à fermer votre ordi pour revenir à la vraie vie.

Le nez dans le guidon du petit vélo qui trotte dans ma tête, je vous embrasse.

PS : Si vous vous interrogez sur le lien entre le titre et le contenu de ce fulgure *poissourseux*. Ne cherchez pas. Il n'y en a pas.

Il était 3h14 au micro-ondes

Certes. Et alors, me direz-vous. Est-ce suffisant pour pétrir un fulgure abscons ?

A priori, il est tentant de répondre : « *que nenni, que nenni, mes amis...* ». Mais *a posteriori* (l'expression a un côté faux cul amusant), il y a matière à modeler des chiffres et lettres.

Revenons donc à l'instant magique où la pendule du four, était restée bloquée sur un tiercé de nuit : 3, 1, 4.

Il était en réalité 8h et des brouettes. L'esprit gelé par un excès de lenteur que tout gendarme eût pu sanctionner, tant il était patent. Je suis tenue d'ouvrir ici une parenthèse pour préciser que la nuit avait été pénible. Pas torride. Non. Seulement déserte de sommeil. Fin de la parenthèse.

Donc, engourdie, j'introduisis mon mug de tisane refroidie (j'avais tardé à la consommer en mode brûlant) dans le cube à ondes à l'heure susnommée. Aussitôt, victime d'un bombardement en règle, le jus rosâtre (ladite tisane étant une décoction de crêpe flambée et de framboise) commença à frétiller frénétiquement. Les bulles endiablées se mirent à voleter à l'envi dans le nid de porcelaine. Leur salsa exaltée, résultat de l'agitation des molécules d'eau, me rappela un certain mouvement... brownien. Tilt ! Sur le fil de l'inconscient, l'adjectif me conduisit vers le placard pour y cueillir une brassée de *brownies*. Un brin déçue, je constatai que seuls des *cookies* (amandes-chocolat) y avaient poussé. Faisant fi de mon dépit, je me fis une raison et m'en satisfis (c'était mieux que des salsifis). Ok, ça suffit !

Le regard mollement enfoncé dans les herbes folles du jardin (pampa serait un terme plus approprié), je sirotai mon nectar réchauffé, me délectant de brisures où se mêlaient subtilement le fondant des pépites de chocolat et le croquant des amandes.

Texture et saveurs duales. À l'image de ma nature... à la fois tendre et craquante (voire cassante). « *Attention fragile !* », mentionnait le baluchon de la cigogne-factrice qui avait assuré ma livraison six décennies et demi plus tôt.

Je me suis alors égarée dans les méandres d'une rêverie bienfaisante.

Oh, juste quelques instants ! La preuve. Au moment où je finissais mon petit-déjeuner, le microscopique onduleux marquait toujours 3h14... Temps pi et tant mieux !

Amour-rire de rimes

Parce que les fulgures sont multi-facettes et que vous n'aviez pas encore eu droit à mon volet poète (voire pouët-pouët). D'autant qu'aujourd'hui débute le printemps des poètes (thème de l'année : le désir).

« *La rime est le propre de l'homme* » avait affirmé...
Qui donc avait eu ce toupet ?
Était-ce Montaigne ? Ou plutôt Rabelais ?
Qu'importe ! C'est ma foi, vrai !

Sur la palette, à l'infini, la rime se décline,
Franche, massive, spontanée, grasse, chevaline,
Fine, distinguée, pincée, jaune, sous cape ou enfantine,
À gorge déployée ou en catimini, le plaisir dégouline.

Sans raison, la rime fuse parfois en éclats et décolle.
Explosive ou tonitruante, elle peut alors devenir folle,
Batifoler telle une luciole,
Et répandre des pétales de rire en corolle.

Si le brillant Rabelais avait fort justement attribué
À la rime aimée, une essence d'humanité,
Il est aisé de constater que d'autres espèces la subliment.
La preuve... Même les vaches riment...

ABC... D'air

Au fil des années, les ressentis se sont encordés sur le papier alpha.

Brisant filtres et tabous, ma plume a noirci des milliers de feuillets.

Cahiers à présent désertés ; les lettres flagada gisent au pied du sofa.

Du nid douillet, l'envie d'écrire s'est envolée courant juillet.

Enfermés en cale sèche, les mots boudent, bredouillent, s'embrouillent.

Fins, subtils, insipides ou pesants, ils révélaient des émotions ouatées.

Grains de folie ou de beauté, désormais prisonniers d'un sablier de rouille.

Hochets muets du clavier désarticulé, les lettres ont cessé de cliqueter.

Inspiration expirée, il reste des auréoles d'encre séchée sur le buvard blafard.

Jeté aux oubliettes, le porte-plume gît au fond du tiroir sur une photo jaunie.

Kilt écossais, shetland violet, yeux bandés, l'adolescente joue à « *câlin-maillard* ».

La silhouette à contre-jour est celle de Dany, le grand amour de ma vie...

Mariage, enfants... Les désirs ont longtemps virevolté dans mon cœur de midinette.

Niant la vérité, bravant les interdits, je croyais atteindre l'inaccessible étoile.

Or rien n'est advenu. Écueils et déceptions m'ont laissée orpheline de toute quête.

Pour survivre, j'ai croisé, tissé, tricoté, noué des tonnes de mots sur la grand-voile.

Quatre décennies ont coulé depuis ce cliché incrusté dans les mailles de la mémoire.

Rien n'a jamais effacé la sensation du frisson de ma peau sous ses mains.

Sans voile, je voudrais lui proposer un thé ou un café dans l'espoir fou de le revoir.

Tous les jours réduisent projet à procrastination et le temps passe d'hier en demain...

Un matin ou un soir, l'énergie jaillira. La peur sera vaincue et je lui écrirai.

Vers lui mon message voguera sur les vagues d'un réseau bohémien.

Wagnériennes walkyries, les lettres chevaucheront pare-feux et mascarets.

Xanthies et xéranthèmes, éphémères immortels nés sous « X », seront liens.

Yin et yang, aujourd'hui les envies duales oscillent en duo. Silences et soupirs.

Zen, je zoome sur « *Te revoir* », hésite et clique sur « *Envoi* ».

Maintenant, je respire...

Trou blanc

Les fulgures se suivent sans se ressembler. À l'inverse de mes nuits assidues dans leur indocilité.

En d'autres temps, les carrés blancs étaient très mode. Discrets, ils signalaient les scènes olé-olé, en bas, à droite des (tout) petits écrans de l'époque. Je les croyais disparus. Mais la nuit dernière, les gredins ont (re-)surgi pour ripailler tout leur soûl sur mon téléviseur intérieur, pas vraiment rieur, en (télé-)réalité.

Pas prêteurs pour un quantum, lesdits carrés ont retenu et emprisonné la lumière sans partager le moindre photon avec leurs sombres voisins. Résultat de cette malfaisance achromatique : les pensées se sont enroulées sur une spirale à damier et le sommeil a sauté de case en case, tel un roi en échec. Impossible de lui damer le pion ! De guerre lasse, j'ai attaché ma ceinture. Parée à décoller. Destination : trou blanc...

Des heures durant, piégées dans un « *no woman's land* », les pensées diaphanes ont fait le pied de grue sur le quai d'une gare éteinte où seuls des trains fantômes se sont succédé.

Pour tromper l'ennui, les touches du clavier ont cliqueté. Lettres dissociées, mots obstinément embrouillés, la magie a fait défaut. D'évidence, l'inspiration avait loupé une correspondance.

Au terme de ce qui m'a paru une éternité, le soleil a fini par se réveiller, mettant fin à l'émission : « *Le grand échiquier : idées blanches pour nuit noire...* ». Ou bien était-ce l'inverse ? Souhaitons que ce dimanche ne soit pas aussi noir que la nuit fut blanche.

J'ai la mémoire qui flanche

Quand la mémoire fuit à travers des mots absents de sens, la vie n'est vraiment pas un long fleuve tranquille.

« *Cinq heures du mat, j'ai des frissons, je claque des dents et je monte le son...* » de ma mémoire qui fugue. « *Beh, Beh, beh...* », font les brebis sous l'oreiller. J'me souviens plus du nom de cette canadienne. Une certaine Diane, je crois...

La veinarde avait rencontré l'homme de sa vie à un feu vert. Ça me laisse rêveuse. Moi non plus, je n'ai pas résisté en croisant l'Ohm de ma vie. Mais depuis des mois, mes pensées s'enroulent autour du « Stop » planté dans ma mémoire...

Je me revois à Rome. Je rame ? Tout ça ne rime à rien. Ou bien était-ce à Venise sur la Tamise ? Si fin, le grain qui s'écoule de mon cerveau passoire. J'voudrais seulement fermer le robinet.

« *Il est (toujours) cinq heures, Paris s'éveille ... je n'ai (toujours) pas sommeil* ». Le temps s'effiloche au rythme lancinant d'un tic-tac silencieux qui avale goulûment la vie qui m'échappe. Comme le nom de cette Diane chasseresse. Se nommait-elle Tell ? Hem, non, je ne pense pas ! C'est un autre nom. Peut-être Foly ? Ça ne me dit rien. En plus, pas vraiment canadienne, cette Liane-là. Tiens, je vais m'accrocher à elle ! Ça me rapprochera peut-être du but.

En me balançant de liane en liane, au fur et à mesure la mémoire est revenue. Et j'ai fini par retrouver le nom de cette chanteuse. C'est quelque chose comme Dubois, Dufresnois, Duquesnois... Mais oui, Groseille !... C'est ça, Diane Groseille.

Le mouton à cinq feuilles

La nuit dernière, entre deux parties endiablées de cache-cache entre sommeil et veille, j'ai fait un curieux songe.

Dans l'allée d'un superbe jardin, je me hâtais d'atteindre le vieux château afin de libérer mon Prince, enfermé dans une tourelle crénelée. Sur le chemin, je trouvai un trèfle à quatre feuilles. Quelle aubaine ! Dynamisée par la découverte, j'accélérai le pas. Au détour d'un buisson d'airelles violine, j'aperçus un cheval. Ou plutôt sa représentation croquée au fusain par un certain Antoine. Était-ce le destrier ailé de mon aimé ? Je m'approchai pour l'observer de plus près. Mais l'équidé était bien curieux en vérité car, en plus de n'être qu'une image, il ressemblait à un mouton... pourvu de cinq pattes. Ses boucles de neige se reflétaient, dans les prunelles céladon d'une taupe, éblouie par le spectacle. Étrange également, la bestiole. D'un geste nerveux et infini, elle enroulait des boucles d'or, plantées sur le dessus de son crâne, tout en soutenant que la myopie, généralement attribuée à ses congénères n'était que légende et galéjade. Elle prononçait la syllabe « -ade » lorsqu'une ardoise se détacha du toit pointu du donjon, entraînant dans sa chute une gargouille... L'animal mythique se mit à tousser bruyamment avant de me porter un regard attendri de ses yeux globuleux et de murmurer des mots invisibles et inaudibles qui parlèrent à mon cœur. Je n'aurais nullement été surprise qu'un renard surgisse à cet instant-là pour me demander de l'apprivoiser.

La magie décupla lorsque la taupe caressa ma joue et que le cheval-mouton hennit d'un bêlement réjoui. Intriguée, je fis aussitôt demi-tour. Gréant mon chemisier de dentelle grenat qui faseyait à la vitesse d'un spi au galop, je fus transportée près de lui (disons son image) en un *pouillème* de seconde. J'aperçus alors Antoine (vous savez, le dessinateur) qui s'appliquait à caresser un à un les poils de l'animal comme s'il avait effeuillé une marguerite, ponctuant chacun de ses gestes de : « *Je t'aime un peu, beaucoup, passionnément, à la folie...* ». À cet instant, j'entendis une musique. Je crus que mon Prince avait enfin été libéré et qu'une rose à la main, il allait m'inviter à danser...

Cruelle désillusion ! D'un mouvement de paupières, tout avait disparu. Pfff ! Envolés le Prince, le cheval-mouton-marguerite, la taupe, la gargouille et même Antoine. Sur l'écran du téléviseur qui fonctionnait dans le vide, défilait un générique. J'avais loupé la fin du « *Petit Prince* »...

PS : Dommage que les rêves ne soient que des rêves !

Naze de cœur

Un jour, mon Prince est venu... Mais seules les petites filles croient aux contes de fées. La vraie vie en est bien loin.

Je nous croyais liés d'éternel...

Nos vies trop parallèles s'étaient croisées sur le « **H** » du hasard pour courir vers le « **A** » d'une profonde amitié, peu à peu transformée en Amour caché. Nous avons traversé le miroir du temps sur le « **I** » de l'Incompréhension et de l'Impossibilité. Nous nous sommes effrités, émiettés, craquelés en tout petits morceaux, comme le tissu usé du lien, rompu sur le « **S** » de notre séparation.

Aujourd'hui, je voudrais encore et toujours... Mais comme un joueur de tennis ayant systématiquement le filet contre lui, la vie ne favorise rien et tout va à l'inverse. T'envoyer un mot pour faire croire que « *même pas mal* » ? Je suis tentée mais...

Tant pis. Je range ma fierté au fond du placard, juste à côté du balai et de la serpillière. Tout, plutôt que me consumer sur le bûcher de ton Indifférence.

Je t'envoie donc un baiser déchiré, évaporé sur l'écran de ton portable où s'inscrivent trois petits mots : « *Je te hais...* »

PS : Toute ressemblance... bla-bla-bla.

Dans les choux

Dans la série des clichés, poncifs et autres stéréotypes à dénuder...

Autrefois, en cas de tracas, on se faisait du mauvais sang, ou un sang d'encre. Peut-être parce le sang virait du rouge au noir, ou bien au bleu-violet (comme le liquide de feux nos encriers ?). Mais cela est dépassé. Ces expressions sanguines sont désormais supplantées. De nos jours, on se prend la tête, ou mieux le chou...

C'est étrange, non ? Vous imaginez un chou en guise de tête ? À part Gainsbourg et ses oreilles papillonnantes à la Dumbo, la plupart des têtes n'ont rien de commun avec ce légume, succulent au demeurant.

Trêve de billevesée, rentrons vite dans le chou du sujet et dépiautons la métaphore afin de tenter d'en découvrir l'origine.

L'hypothèse la plus plausible de ce singulier rapprochement entre une tête et un chou pourrait être liée à l'analogie entre les nervures serrées des feuilles des choux et les circonvolutions des cerveaux.

Il est toutefois possible que la métaphore ait été inspirée par la polymorphie des variétés de *Brassicaceae*. Leurs innombrables déclinaisons en blanc, vert, rouge, rave, fleuri, allongé, pointu, cabus, pommé, frisé (kalé), chinois, romanesco (mon chouchou), brocoli, de Bruxelles... étant très suggestives.

À moins qu'un quidam (loufoque et gourmand, le quidam) ait un jour imaginé que la crème (chantilly, pâtissière, etc.) des choux pâtissiers ait une texture similaire à celle desdits cerveaux.

Cette éventualité semble toutefois à côté de la plaque, ou plutôt, dans les choux.

L'origine de cette *chou-ette* expression (qui remonte au milieu du XIXème siècle) demeurera donc un mystère. Ce fulgure ne fera pas ses choux gras d'une recherche qui a fait chou blanc.

Je reste néanmoins persuadée que la naissance de cette expression est bête comme chou[32]...

PS 1: Sans rapport avec ce qui précède (quoique), bonne fête à tous les Patrick, nés dans les choux de France, de Navarre et d'ailleurs.

PS 2 : Est-ce un obscur effet secondaire de la vaccination (contre le/la Covid) d'hier, mais aujourd'hui, je vois des choux partout ? Ainsi, avec ma voix de bout-de-caoutchouc mou, je chante à tue-tête (à *tue-chou* ?) : ♪« *Cachou, cachou, Lajaunie, han, han...* »♪ Pfff ! Je ne vais pas me prendre le chou ni me mettre la rate au court-bouillon pour si peu.

---

[32] En fait le chou désigne la tête en argot.

Ivresse des sens

J'étais censée écrire un fulgure sensé, mais un goûter frugal en a décidé autrement.

Sans autre objectif que celui de dérouler le fil de l'inconscient, je m'apprêtais à écrire ma prose quotidienne au creux d'un jeudi après-midi gris souris, saupoudrée de pluie, quand un grelot teinta au cœur de ma tête enrubannée de tracas récurrents. La clochette interne me signalait qu'il était l'heure du quatre-heures. J'avais envie d'un cookie, espérant secrètement qu'une once de sucre émoustillerait l'inspiration indolente.

Au terme d'un voyage éclair entre le bureau et la cuisine, je me ravisai. Face à la corbeille de fruits, je choisis avec une infinie précaution, une jolie clémentine.

Tandis que mes pulpes effleuraient le velours de sa peau granuleuse, des frissons coururent le long de mon corps. Aussitôt, un flot de salive gourmande déboula en rafales dans mon palais, impatient de déguster la chair juteuse. Mon regard se détourna vers la lumineuse transparence de la fenêtre donnant sur le jardin. Instantanément, une odeur d'herbe humide assaillit mes narines. Simultanément, dans un bruissement de soie froissée, les trilles d'un oiseau égaré câlinèrent mes oreilles... et mon âme.

Perchée sur mon nuage, je savourai suavement, un à un, les quartiers du petit agrume, laissant voguer mes émotions vers les rives d'un imaginaire ivre de liberté(s).

Cette parenthèse impromptue a inspiré les mots ci-dessus ; mots sens dessus-dessous à goûter dans/par tous les sens...

Point final !

Pour conclure en beauté cet opus hivernal, voici une petite « leçon » de ponctuation, sans aucune prétention.

Un peu lasse de lire des textes truffés « d'erreurs » de ponctuation, voici quelques règles basiques de typographie, faciles à mettre en œuvre pour le plaisir de tout un chacun et le confort de tout lecteur de vos œuvres.

Le point final d'une phrase, ses acolytes : points de suspension (délicatement baptisés ellipse) ainsi que l'indispensable bonne copine virgule se collent au mot qui les précède, laissant un espace derrière eux. Sans doute pour rependre un peu de respiration.

Les signes doubles : points d'interrogation comme ceux d'exclamation ainsi que les deux points et les points-virgules sont encadrés d'espaces. Notons que devant eux l'espace est insécable. Ainsi il ne peut jamais y avoir de telles bestioles en début de ligne.
Les guillemets (à la française : « ... »), parenthèses, crochets ouvrants et fermants ainsi que les tirets sont également précédés et suivis de blancs. Cette règle ne s'applique pas aux guillemets anglais ("...") moins gourmands en espaces. Les anglo-saxons ne savent pas aérer leur prose...
En revanche les apostrophes et les traits d'union se collent aux mots... Oh, les coquins !
Facile, non ?

Mise en pratique immédiate à l'emporte-pièce :

« *Moi, petite verrue de terre, je vous aime. Vraiment ?...
Oui, vraiment ! Je le répète : « je vous aime ». Mais alors... alors,
je suis sans doute vivante – parce qu'à cet instant la verrue avait
un doute – mais après cette affirmation, elle n'en a plus... Sur ces
bonnes paroles, je vous (oui, vous !) laisse cogiter et vais siroter
un thé en savourant de délicieux petits gâteaux.* »

Facile, non ? *Bis repetita.*

PS : Mince, il manque une illustration pour le point-virgule.
Tiens ; la voilà... Quant à l'écriture inclusive et son point médian,
je n'y connais rien. Ouf ! Vous l'avez échappé belle.

Postface (très) fugace

Un merci infini à vous tous, amis intimes ou inconnus, de m'avoir suivie dans ces fulgurescences hivernales.

Même si « *la rareté du fait donne du prix à la chose* »[33], je choisis de poursuivre l'aventure, et m'attelle dès aujourd'hui au recueil de printemps.

À très bientôt !

---

[33] Extrait de la fable : « *Le milan, le roi et le chasseur* » - Jean de La Fontaine

Table des matières

Du même auteur :

- Plusieurs publications de nouvelles en recueils collectifs.
- *Fulgurumelles en Cathy-Mimi*
  Recueil de fulgures écrit avec Cathy Peintre (Édilivre, 2009).
- *Femmes du Monde*
  Recueil de nouvelles (Jacques Flament Éditions, 2015).
- *Dessine-moi un Amour*
  Recueil de nouvelles (Jacques Flament Éditions, 2016).
- *Alice - Couleurs d'enfance*
  Roman (Passion du livre, 2018).
- *Frisottis de vie*
  Recueil de nouvelles / Journal (Books on Demand, 2019).
- *Je rêvais d'un autre monde...*
  Roman (Books on Demand, 2020).
- *Pétales d'un printemps buissonnier*
  Journal (confinement) (Books on Demand, 2020).
- *Moi(s) entre parenthèses*
  Journal (post-confinement) (Books on Demand, 2020).